張曼娟
·成語學堂II·

山米和浪花的夏天

張曼娟——策劃
黃羿瓅——撰寫
錢茵——繪圖

十年一瞬間——學堂系列新版總序

張曼娟

常常在演講的時候，遇見一些年輕的讀者，他們從容自在的聆聽，意會的頷首，耐心等待著我為他們的書簽名，而後，像是要傾訴一個祕密那樣的靠近我，微笑著對我說：「曼娟老師，我是讀著【○○學堂】長大的。」【奇幻學堂】、【成語學堂】或是【唐詩學堂】就這樣被說出來，說的時候，帶著對於童年與成長的溫柔依戀。

啊！這一批孩子們已經長大了啊，他們看起來，都是很好的成年人了。也許不是念文學相關科系的，可是，他們一直保持著對於文字的敏感度，對於人情世故的理解。

「老師什麼時候要為我們這些小孩子寫書呢？」到現在，我依然能聽見最

初提出這個請求的那個女孩，對我說話的聲音。

而我確實是呼應了她的願望，開始創作並企劃一個又一個學堂系列。

以【奇幻學堂】為起點，我和幾位優秀的創作者：張維中、孫梓評、高培耘與黃羿瓅反覆的開會討論著，除了將古代經典的寶庫傳承給孩子，更想與他們一同走在成長的路上，不管是喜悅或失落；不管是相聚與離別，都是生命的課題，都那麼貴重，應該要被了解著、陪伴著，成為孩子心靈中恆常的暖色調。

這樣的發想和作品，獲得了許多家長、老師的認同，更令我們感到欣喜莫名的是，孩子們的真心喜愛。於是，接著而來的【成語學堂Ｉ】、【成語學堂Ⅱ】和【唐詩學堂】也都獲得了熱烈迴響。

十年之後，那個最初提議的女孩，化成許多個大孩子與小孩子，來到我的面前，與我微笑相認。讓我們知道，當初不只是古典新詮，更是探討孩子成長中各種情境的系列作品，有著這樣深刻的意義。

也是在演講的時候，常有家長詢問：「我的孩子考數學，演算題全對，但是一到應用題就完蛋了，他根本看不懂題目呀。到底該怎麼辦？」這是發生在許多成績優秀的孩子身上的悲劇。

「中文力」不僅能提升國語文程度，而是提升一切學科的基礎，這已經是陳腔濫調了。中文力，不僅是閱讀力，還有理解力與表達力。能不能看懂考題，在考試時拿高分，固然重要。然而，更大的隱憂卻是，應付考試，得到高分的歲月，只占了短短幾年，孩子們未來長長的人生，假若沒有足夠的理解與表達能力，他們將如何面對社會激烈的競爭？如何與他人建立良好的人際關係？這樣的擔憂與期望，才是我們十年來投入許多心血與時間，為孩子創作的初衷。

我們感知到孩子無邊無際的想像力，在成長中不斷消失，於是創作了【奇幻學堂】；察覺到孩子對成語的無感，只是機械式的運用，於是創作了【成語學堂】；發現到孩子對於美感和情感的領受，變得浮誇而淺薄，於是

創作了【唐詩學堂】。

十年，彷彿只在一瞬之間，許多孩子長大了，許多孩子正在成長，我們仍在創作的路上，以珍愛的心情，成為孩子最知心的陪伴。

目次

第三章

改變及淬鍊

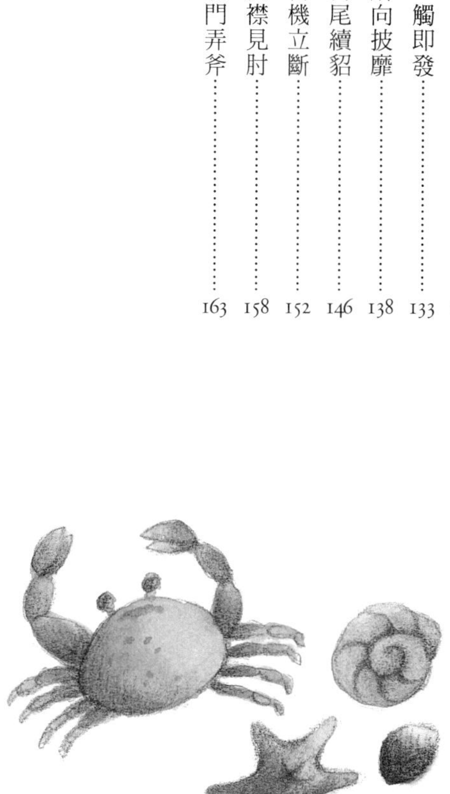

序

創作緣起

遙指夢裡村

張曼娟

《美女與野獸》的故事，並不是我聽來的，也不是讀來的，而是一張圖一張圖拼起來的。那年我約莫七、八歲，剛從午覺中醒來，卻還沒獲得起床許可的時光裡，常常，我和弟弟躺在父母親的大床上，翻閱著母親從教會領回來的、國外捐贈的書籍雜誌，打發時間。

有一本彩圖鮮亮飽滿的圖文書，上面的文字既不是中文，也不是英文（可能是德文或法文），其中的彩圖完全魅惑住我。一個父親與三個女兒，住在一幢簡陋的房子裡，父親背著包袱要出門了，他和三個女兒話別，最小的女兒親吻了他。接著便是回程時，父親遇見的風雨交加；一座陰森而華麗的古堡；滿桌豐盛的食物；花園裡開滿各種顏色的玫瑰花；父親伸手採下一朵鮮豔的玫瑰，剎時，天黑了，閃電打雷，一個可怕的怪獸出現，玫瑰驚恐的墜落在地上。

啊！我和弟弟一齊叫出聲，鑽進被子裡，又笑又叫。

故事書是國外捐贈來的，故事是自己拼出來的，但，那種樂趣是無可取代的。我們有自己的版本，關於野獸大變身的故事，或是偷取玫瑰的愛情故事，在半夢半醒之間，沒有電玩也沒有電視的歲月裡，一本無法閱讀的故事書，給了我們一座如夢似幻的村莊，成為我們最瘋狂的遊樂場。

如果真的有一個叫做「夢裡村」的地方，會讓我們的夢想實現嗎？會牽引著不可能的相逢嗎？會看見通往未來的階梯嗎？夢裡村的居民，應該就是一個又一個既年輕又古老的故事吧。

繼【張曼娟奇幻學堂】與【張曼娟成語學堂Ⅰ】之後，我們再度敲開了夢裡村的大門，仍然是很會說故事的四位創作好手，將成語典故與嶄新的故事結合，推出了【張曼娟成語學堂Ⅱ】。

高培耘在第一本成語故事中寫的是《尋獸記》，這次，她可真的要帶我們去尋獸了呢，一個叫小光的小男孩，遺失了他最好的朋友，一隻叫做「嘟嘟」的白狗。他想盡一切辦法要把狗狗找回來，卻一再落空。在這個世界上，很多東西

失去了，是不是就永遠找不回來了？像是他的胖嘟嘟；像是他最愛的外婆的記憶力，彷彿都找不回來了。但，總有一些什麼，是永遠不會失去的吧？在培耘的《胖嘟嘟》裡，這是小光的功課，也是我們的追尋。

張維中在第一本成語故事中寫的是《野蠻遊戲》，十分驚險刺激，這本新書《完美特務》，又是怎樣的一場特別任務呢？三個性格不同的好朋友，成天抱怨著「無聊啊，真無聊！」現實生活中必須做自己不想做的事，不是補習，就是學才藝，如果可以生活在電動玩具的世界裡，應該再也不會無聊了吧？他們的夢想成真了，嚴苛的考驗接踵而來，原來，電玩的世界比真實世界更加冷酷無情，必須要同心協力，才能闖關成功。而他們的最終目的只有一個，重返再也「不無聊」的真實世界。

黃羿瓅在第一本成語故事中寫的是《我是光芒！》，描述校園中可能產生的各種社交與人際關係，這一次則是一個跨海尋親的故事。生長在美國、叫做山米的少年，帶著他的身世之謎，來到臺灣，與一群並無血緣關係的人生活在一起，而他們似乎是他尋親的唯一線索。連那隻叫做浪花的小狗，也成了山米的

好哥兒們。《山米和浪花的夏天》，一個不長不短的夏天，河與海交界的淡水小鎮，聆聽著潮汐的聲音，山米能找到他的生身父母嗎？或者他還能得到更多更多，超乎想像？

孫梓評在第一本成語故事中寫的是《爺爺泡的茶》，一曲溫馨又感傷的離別賦。告別，也是這本新書《星星壞掉了》的重要主題，卻是很難面對的事。國中生小傑有溫暖的家庭，有和諧的校園生活，還有繪畫的天賦，只是沒人發覺他內心的那個傷口，多年前的某個夜晚，滿天星星都壞掉了，一點也不會發光。那場大地震，幼年的小傑無法與爸爸告別，什麼也不能挽回。當媽媽準備再婚時，那如琉璃易脆，又如海洋深邃的少年的心靈坍塌了，他必須啟程，一場命定的告別之旅。

依然是讀著故事學成語，而我們還想跟孩子分享更多，怎麼與寵物建立獨特的情感，還要學會分離？如何體貼老人家的心情，當他們的記憶一點一點失去？所謂的完美其實並不存在，不管在真實或虛擬的世界中，如果不能互助合作，怎麼能夠挑戰未來？成長不一定得失去對人的熱情與付出，當你主動伸出

臂膀，不就有機會擁抱世界？每個人的心中都有傷口，有的人選擇流淚，有的人卻選擇微笑，你會怎麼選擇呢？

四位創作者都真誠的寫出了他們珍愛的故事，而我只是個牧童似的指路人，想要溫暖的安慰；想要成長的啟示；想要落淚的感動；想要歡笑的趣味——借問故事何處有？牧童遙指夢裡村。

謹序於二〇〇九年白露之前　臺北城

人物介紹

主角

山米

在臺灣讀完小學三年級才隨父母出國的少年，將升七年級的暑假，回臺尋找真正身世。外表冷漠，本性善良開朗；皮膚黝黑，精於游泳，又名「海王子」。

浪花

小安阿姨的愛狗，男生，混種約克夏㹴犬，鼻球高手。造型酷炫，極有思想，喜歡跟著山米四處探險。

恩瑪

暑假後升小六，山米的鄰居兼夏令營同學。個性單純，天真可愛，「上知天文，下知地理」。

親友團

小安

山米的阿姨，聰慧、有個性，不拘小節，和丈夫在淡水經營咖啡館。

東雷

恩瑪的叔叔，與恩瑪情同父女。經營釣具行，曾苦戀小安。

碧波

暑假後升小五，山米夏令營同學，恩瑪的好友。個子嬌小，很有學問；生性怕水，是隻旱鴨子。

高竿

恩瑪的同學、碧波的表哥。擅釣魚，脾氣衝，自號「高竿小釣手」，棒球帽和釣竿不離身。

大漢

小安阿姨的丈夫，斯文有禮，喜歡研究咖啡和財經資訊。

阿嬤

大漢姨丈的媽媽，仁慈，小捲髮，就像全世界阿嬤的樣子。

教師群

畫紅老師

集美麗與學問於一身的學堂負責人。不必看鏡子便能塗口紅，隨時可以變出紅筆來批閱指導。

毅力老師

夏令營老師。教導、批改作文極有毅力，一雙眼睛能夠看透人。

愛豬老師

大漢姨丈的妹妹，喜愛一切有關「豬」的飾品及玩偶，親和力一流。

潛水老師

膚色白皙，酷愛潛水及游泳，練有「張臂功」。

玉瓷老師

溫柔派教師，體貼、關心學生。

鞦韆老師

已是一位碩士，卻仍活潑可愛得像小孩，且創意十足。

動物員

小吉

東雷所收養的流浪狗，混種吉娃娃，鼻子旁有個大黑斑。

八爪

東雷所收養的流浪貓，是很有個性的花貓。管家婆，非常「照顧」年幼的小吉。

方向

小安阿姨家的混種蘇格蘭摺耳貓，微胖，驕貴，不愛出門，是隻「宅貓」。

子彈

淡水資深流浪狗，不喜歡受拘束。跑得飛快，居民喚牠子彈。

海霸

小安阿姨鄰居的黃金獵犬，女生，曾暗戀浪花。

九陰、蝙蝠、火箭

其他貓狗，偶爾出現在淡水堤防和鼻球賽場，也是浪花的球友。

第一章

這個夏天

倒屣相迎

稻洗相贏?洗稻子比賽嗎?這些人真怪，我看我是死定了。

一踏進機場入境大廳，我，山米．崔，就明白自己死定了。

那位手上拿著寫有「歡迎淳風」紙牌，露出大口白牙、呆呆笑著的男人，是大漢姨丈；他身旁站了一位看來慈祥，但表情有些滑稽的老奶奶，應該就是他的母親；再過來，留著大波浪捲髮，抱著嬰兒若有所思的女士，則是我的小安阿姨。

四年前在阿姨的婚禮上，才第一次看到姨丈，不久我便和爸媽出國了；老奶奶則素未謀面，根本談不上印象；而我和小安阿姨，也超過三年沒見面了，期間只講過幾次問安電話而已。

可以預見接下來的日子會有多麼無趣。這趟離開美國，我可是放棄了兩個

游泳和一個足球夏令營！儘管心很痛，我還是不得不往他們的方向走，沒辦法，接下來兩個月，我得和他們同住，然後在暑假期間，找到我的親生母親。

「你是淳風？」阿姨吃驚的問。

我點點頭，但不喜歡那個名字。「叫我山米就好。」

「『啥米』？」頭髮灰白的阿嬤用臺語複誦我的英文名字。「真特別。」

「又黑又帥呢。三年前你才多高呀！現在幾公分了？」阿姨又問。

「一六九。」我驕傲的說。這是我少數能夠驕傲的事。

「不到十三歲就這麼高了！」姨丈說。「來來來，歡迎全世界最帥的海王子回臺灣來！」

「叫阿嬤呀，阿嬤說要親自來接你耶。」阿姨笑，連懷裡白嫩的小嬰兒都跟著笑了。

害我不自覺也笑了，其實我不喜歡笑的。跟大家問過好後，我們便一起上車，駛向燈火燦爛的臺北。

「上個月，你美國的媽媽說你暑假要來，姨丈就去替你買床了。」

美國的媽媽？是了，看來大家都知道我這趟是尋親生媽媽來的。小安阿姨是我一直以為的媽媽——又華媽媽——的妹妹。我在臺灣讀完小學三年級，便隨父母移居美國，住在加州長灘（Long Beach，又稱長堤、長島）；而就在快升七年級時，媽媽告訴我，其實我不是她的親生兒子，我可以選擇回臺找親生母親。總之，最後我帶著訝異和一些淡藍色的悲傷，千里迢迢來尋找真相。據說，唯一的線索已經寄到阿姨家了。

「我們都很歡迎你！」姨丈邊開車，邊笑。「簡直要倒屣相迎了！」

稻洗相贏？洗稻子比賽嗎？不懂，我的中文不好，但移民美國了，中文不好也沒什麼關係。

十分 easy-going（親切）的阿姨很懂我似的，馬上解釋「屣」是「鞋子」的意思。

姨丈繼續說：「這成語是你小安阿姨教我的。說因為太過急著迎接客人，居然將鞋子穿倒反了！是《三國志》裡的故事喔。聽過《三國志》嗎？」

「聽過。」我回答。

「東漢末年啊，有個非常博學、備受朝廷倚重的蔡邕，他家總是賓客滿座，車馬多到把巷子都塞滿了。有一次，僕人向他通報王粲來訪，蔡邕聽了，立刻起身相迎，而且急到竟把鞋子倒穿了。賓客們都在想，到底是哪號人物讓蔡邕如此匆忙、如此看重？結果進門來的，竟是個年幼瘦小的孩子，就是王粲，眾人十分驚異。蔡邕解釋道：『這可是王府那位天賦異稟的公子啊，我常自嘆不如！我看我家收藏的書文，都應該全部傳給他才對。』成語『倒屣相迎』就是從這裡演變而來的，用來比喻迎接賓客的熱情。山米，姨丈雖然鞋子穿得好好的，卻是真的很歡迎你喔！」

「喔。那個王粲，真的那麼厲害嗎？」我只想知道這一點。

「他從小就很有才華。」阿姨逗著嬰兒接話。「在三國時代，官也當得挺高的，有文采，擅長辭賦，還是『建安七子』之首呢。」

建安七子？沒聽過。我低聲道：「可是我不是神童，也沒才華。」

「你是『啥米』呀！」阿嬤在前座說，耳朵頗靈。

「對啊！」阿姨笑。「這就夠重要了，值得『倒屣相迎』了！」

大家都在安慰我。一個被親生媽媽丟棄不養的孩子，總是會引起一些同情的，雖然我並不需要，我是堅強的男子漢。與其說這趟是來找「血緣」，不如說是想問出「原因」，我只要找到生母，當面問她「為什麼」，就會轉身離去。

閉上眼，我突然不想講話了，大家好像也依著我，沒有再出聲，畢竟這跟暑假旅遊不大一樣。直到三個多月大的小娃娃拉住我的手指，我才張眼轉過頭看，笑笑。

阿姨逗著她：「娃娃，叫表哥。表——哥——」

我也不喜歡嬰兒，尤其在知道自己是個「棄嬰」之後。

三年來，和爸媽在異國的新生活非常忙碌，忙到這還是我第一次回臺灣，感覺臺北的街道和加州的沒什麼不同，卻又十分相異，是陌生感吧。

「你以前挺活潑，淳風，現在靜多了。」阿姨拍拍我。「隨緣啦，別想太多。」

我沒有回話，只是苦笑，便盯向車窗外移動迅速的街景。

到了淡水，有一股海的味道和風挾著浪的聲音，在寧靜的夜晚唱和著。我知道他們在淡水開了家咖啡館，車停下時，就著路燈，可以看見「陽光海咖啡屋」

幾個字。緊接著，狗吠聲立刻傳來，進門後更是震耳欲聾。

「浪花！閉嘴！」姨丈喊。

頃刻，狗不叫了。浪花？難道是以前那隻全身黑毛的小狗？那時牠不到一個月大吧。我們穿過咖啡館大廳的座位，轉進後屋，我立刻被嚇倒在地！一隻金黃色的小型犬撲迎上來，還不停舔我，熱情得過分；在此同時，一隻貓瞬間迅速跳躲開來，那拚命的模樣，彷彿我拿了刀要殺牠。

「浪花，他是美國來的『啥米』喔。」阿嬤對小狗說。

「小浪有沒有好好顧家呀？媽咪很想你呢！」阿姨也對小狗說。

「方向！來，爸比抱抱！」姨丈拉起我，邊對櫃頂只突出一小片白的貓說。

看著這些跟動物講話的怪人，我訝異到無言。這時嬰兒哭了，他們忙了起來，我站在一旁，十足是個外人。

那一夜，我拿出筆記型電腦，在Skype上告訴死黨傑克，要跟這些怪人一起過兩個月，我想我是死定了，會無聊到死。傑克稍晚回我：不是要忙著找媽媽嗎？哪有時間無聊？

他怎麼懂！才要回他，腳踝突地一陣溼涼，我低下頭，一雙圓圓的大眼正微笑著，是那隻編了兩條紅黃色辮子、名叫浪花的小狗。

倒屣相迎

【身世來處】《三國志・卷二十一・魏書・王衛二劉傅傳・王粲》

王粲字仲宣，山陽高平人也。……時邕才學顯著，貴重朝廷，常車騎填巷，賓客盈坐。聞粲在門，倒屣迎之。粲至，年既幼弱，容狀短小，一坐盡驚。邕曰：「此王公孫也，有異才，吾不如也。吾家書籍文章，盡當與之。」

【密碼破解】比喻熱情的迎接賓客。

【同類相聚】倒屣迎賓、倒屣迎之

【異類相背】拒人千里、閉門不納

黯然銷魂

很迷惘、很沮喪，像沒了三魂七魄，只有浪花安慰我。

「我只有一個夏天。」

真懷念起士漢堡和玉米片啊！早上十點半，我不習慣阿嬤煮的稀飯，只吃了一點就放下筷子，對來到廚房的阿姨說：「小安姨，我只有一個夏天，要把握時間。可以把線索給我了嗎？」

「這麼急？」她手上拿著嬰兒剛換好的尿布，丟到垃圾桶。「你給爸媽報平安了嗎？」

我點頭。「媽媽已經睡了，我跟爸爸說了。」

阿姨想了想，叫我等一下。姨丈、阿嬤和工讀生們都在前廳的咖啡館忙著，我看看這後屋中的小廚房，想到昨夜不時傳來的嬰兒哭聲，還有睡覺的侷促小

空間。嚴格來說，那是起居室一角，放置了一張書桌和我睡的單人床，重點是，這約六坪的起居室還兼書房、貓狗房和儲物間，現在又多了個新功能：收容山米．崔的地方。

我坐在連接後院的門檻上，院子裡有一個小花園。我倚靠著敞開的藍色木門，覺得臺灣的夏天真熱，還讓人皮膚溼溼黏黏的，在美國，就算運動也不太會流汗；而且這裡還什麼都小，光是我在加州的房間，就有這裡的起居室和廚房加起來那麼大！正出神時，覺得一陣溼涼，浪花又舔我了，還開心叫了聲「汪咿！」然後露出兩排小巧可愛的牙齒對著我笑。我摸摸這隻小小的混種約克夏㹴犬，想到今早下床差點踩到牠。

「浪花昨天沒睡自己的床，一直守在你床下呢！」阿姨走來，遞給我一封信。「山米，早餐吃不習慣嗎？還是因為時差？」

我搖搖頭，急著拿出空白信封裡的東西。媽媽只告訴我，我是領養來的，她無法多給什麼資訊，只有我身上的一封信。那信原本在臺中的外婆家，先前寄到阿姨這裡來了。我微微顫抖著打開信紙。

「孩子出生後，以歌聲、舞蹈來慶祝太平和樂。平靜的生活不料無故起波瀾，且大浪滔天而來。但仍要積極努力以進，即使艱難到不知往前還是往後。而當信箱破了，依然需以誠懇的態度信守誓言，就算體力、資源消耗殆盡，嘴巴也休提放棄。回顧幾年來的幼稚，不知該哭該笑，在強風中沙石滿天，雖然我們的言行都受世俗所監視、約束，結果也多與原先的期望恰好相反。唯有回復到原本的質樸境界，才能證明堅強的人禁得起各種考驗。不要多話，必須靜心、謹慎思考，從漆黑角落投向光明。拿起顯微鏡來觀察，那麼就沒有絲毫疑惑，可以理直氣壯、言詞正當的，說出那句看似普通，意涵卻深遠的八個字了。」

「這……」我啞口無言。「在說什麼啊？」

阿姨和我對看著。「我們也不懂，所以多年來只能放著。」

這就是關乎我身世的線索？一封不到三百字的天書？雖然我的中文不是很好，但那些字我大部分都認得呀！可是為何完全不解文中之意？

「信是放在你胸前，跟著你一起來的。收好，等多學一些文學經典後，說不定就能懂了。」

「是指那個『讀經、讀詩、寫作』班嗎？」我想到媽媽跟我提過的中文夏令營。

「我一定得去嗎？」

「隨你嘍。那封信我們看很多年了，阿姨沒辦法為你做什麼，只能替你報名『小學堂』，其他都幫不上。你就依隨自己的心，不必勉強，若有更好的方法也跟我說一聲。上不上這個夏令營無所謂，只要你別一直黯然銷魂的樣子就好。」

「黯然銷魂？」

阿姨解釋道：「『黯然銷魂』就是說很迷惘、很沮喪，像沒了三魂七魄一樣，比『悵然若失』更嚴重。關心你的人看了，很難過的。」

我呆望著阿姨緊鎖的眉頭，她隨即說要忙了，便轉身離去。我望著院子，突然感到前途茫茫，十分孤獨。

這時，浪花突然「汪咿！」叫，接著伸出兩隻前腳，來回走著步。

「哇！」我看得目不轉睛，訝異道：「你不只會笑，還會耍特技耶！」

「浪花！」有個聲音突然喊。「跳起來！」

雙腳站著的浪花聞言，竟原地縱身旋轉一跳！

「好棒！」

我循著鼓掌聲看向花園外的人，發現是一個小女生。「汪咿！汪咿！」浪花跑到院子對著女孩叫，顯然認識她。

「浪花 Bye-bye!」女孩騎上單車，揮手喊：「改天再帶你玩鼻球——」

黯然銷魂

【身世來處】南朝梁．江淹〈別賦〉

黯然銷魂者，惟別而已矣。

【密碼破解】比喻心神沮喪，如失去了魂魄一般。

【同類相聚】悵然若失、失魂落魄

【異類相背】心花怒放、樂不可支

如坐針氈

誰不是只有一個夏天呢？

我查了辭典，發現有比「黯然銷魂」還適合我的：「心如槁木」。

我的心已經是枯木了，因為這兩天我只能坐在藍色木門前，看著院子裡陽光燦爛，對著阿嬤說的九重葛的紫花發呆，一點法子都沒有。

我打電話回家，爸爸急著上班，媽媽也沒空跟我說話。不知道為什麼，我覺得她在閃避我。

「Nobody cares about me.」我對著一旁的浪花說。接著想了想，替牠翻譯：「沒有人關心我。」

說也奇怪，原本歪斜著頭看我的牠，聽了翻譯後，竟「嗯咿」一聲，然後伸出手來抓抓我，流露出的盡是安慰之色。

我有點感動的握握牠的手、摸摸牠的頭，更想不通何以昨夜會讓牠上我的床，照以往脾氣，我應該會踢走牠的。至於那隻貓，白天不見蹤影，總是躲得遠遠的，黑夜裡卻會偷跑上床來看我、嗅我，真的很恐怖，但我沒有驚叫。要是驚叫了，還像話嗎？

叫的是我的肚子。午餐是中式的，我吃不多，應該說來這裡三天了，因為不習慣，還沒好好吃過一頓。那封信我看了十遍，仍百思不得其解。想到這裡，我實在坐不住，頻頻挪動身子，電風扇送來的是熱風，我的心情非常浮躁。

「『啥米』，你是長痔瘡嗎？火氣太大喔？」阿嬤抱著嬰兒出現。

我想我的額頭一定有了三條線。

「是『山米』啦！」阿姨加強語氣的喊出我名字的正確發音。「這叫『如坐針氈』。話說古時候啊，有個懶散太子，非常討厭一位總是苦心勸太子上進的侍官，於是命令人把針倒插在他常坐的氈子上，讓他一坐下就被針刺，很痛，而且都流血了，侍官還不敢聲張。後人就用彷彿坐在插滿針的氈子上的『如坐針氈』，來比喻一個人身心都痛苦著，極為不安。山米，就像你現在這樣。」

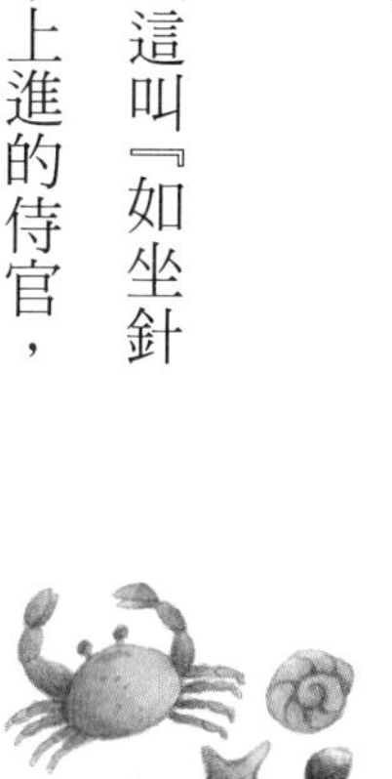

真的很像。我笑笑，覺得這個成語把一個人的不安形容得好貼切。

「汪咿！」浪花突然喊叫，我們抬頭看向花園外。

「哈嘍！」

是昨天騎單車的女生。阿姨穿起便鞋為他們開了院子的後門，一個男人也跟著走進，不，還有一隻狗和一隻貓。浪花開心的又叫又跳。

「哇，小浪的朋友來了，牠好高興！山米，這是小吉和八爪。」阿姨介紹著：「她呢，叫恩瑪，還有她的叔叔東雷，東雷經營一家釣具店。」

恩瑪？很西化的名字；八爪？好可怕的貓名；小吉？牠幹麼一直想往屋內鑽？而有青青鬍渣的東雷，我只能說，他看阿姨的眼神怪怪的。

「東雷，這是我姊的孩子，叫淳風，啊，山米啦！」阿姨繼續道：「工作關係，山米一家人去美國加州的長灘市三年了，那裡是大洛杉磯區第二大城，有很多華人。」

他們都盯著我，包括八爪和小吉，好似對我品頭論足，讓我很不舒服。

「山米，恩瑪才要升小六，小你一歲，是鄰居兼你夏令營的同學喔。」

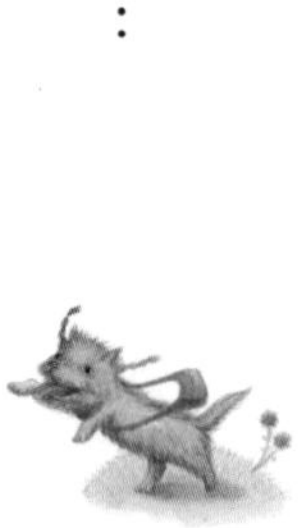

阿嬤搖著懷裡的娃娃，說：「可以做朋友，互相照顧一下！」

「不必，」我很酷的接話：「我不需要朋友。我只有一個夏天。」

氣氛有點尷尬。不料，恩瑪回答：「誰不是只有一個夏天呢？每個人每年的配額不是都一樣嗎？」

是有道理，我一時語塞，「如坐針氈」的感覺又來了。

「山米的中文不太好，而且還不適應臺北的生活。」阿姨打圓場，又對著我說：「恩瑪可是『上知天文，下知地理』的女生喔。」

我看看恩瑪，哼，又是那種聰明至極的優秀孩子，那也沒什麼，我見多了。

東雷輕拍恩瑪的頭，笑說：「沒那麼厲害啦！哈哈。對了，我們晚上要去吃牛排，山米要不要一起來？」

「他在美國吃得還不夠多嗎？」恩瑪抬頭望望叔叔，又望望我。

我看著她瞇起的眼睛，像下戰書，脫口便說：「我要去！」

如坐針氈

【身世來處】《晉書・卷三十四・杜預列傳》

錫（杜預子）字世嘏。少有盛名，起家長沙王乂文學，累遷太子中舍人。性亮直忠烈，屢諫愍懷太子，言辭懇切，太子患之。後置針著錫常所坐處氈中，刺之流血。

【密碼破解】比喻身心痛苦，惶恐不安。

【同類相聚】芒刺在背、坐立不安、惴惴不安

【異類相背】安然自若、穩如泰山、怡然自得

約法三章

一堆規定！大人就是喜歡立一堆規定來為難小孩。

昨天會答應社交活動的挑戰，跟陌生人吃牛排，現在想想，實在也因肚子太餓了。還一口氣吃了兩客，把東雷和恩瑪嚇得目瞪口呆。

「你確定嗎？」早上的前廳，還沒開門營業的咖啡屋裡，阿姨撫平我襯衫的領子。「山米，勉強沒有意義喔。」

那細心和關心的樣子，一時間，讓我想起媽媽，又華媽媽也是這樣對我的，我卻常顯得不耐煩。

「確定啦。反正我也沒事。」我有點害羞的說。她指的是我去夏令營上課的決定。其實，除了不知該拿那封信怎麼辦，只好隨遇而安、且戰且走外，也因為恩瑪。昨晚吃牛排時，我才發現瞇眼只是恩瑪偶爾的習慣，並非挑釁；而且，

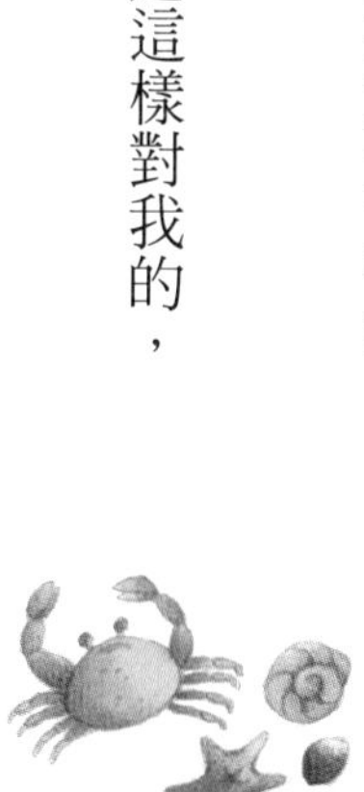

她不像那種趾高氣昂的好學生，還頗單純可愛，但又跟一般乖孩子不太相同。

「好，那東雷叔叔就帶你和恩瑪去小學堂，中午下課你們一起搭捷運回來。對了，阿嬤和浪花堅持送你們去車站。」

「嗯。」我點頭，回頭想找浪花，不料竟被牠的全身裝備嚇一跳。

浪花戴著伸縮項鍊、耳下編了兩條紅黃色辮子，竟還有紅黃藍綠四色綁腿護布！甚至，牠背上還背著一個斜背包！

「這造型也太炫了吧！」我發出驚異之聲，牠咧嘴笑，還「汪咿！」叫。

「這是我們小浪出門的招牌裝備哩！」阿嬤的神情，就好像浪花是她另一個孫子一樣，我看了著實驚心！

「東雷來了。」阿姨拍拍我的肩，又去拉緊浪花的背包，他們剛好開門進來。

「走嘍！」東雷對阿姨頷首，恩瑪接著喊道：「哇！浪花，你也要跟我們去上課嗎？」

幾個人愉悅的走在通往捷運站的老街上，浪花和恩瑪很熟的樣子，一路上雀躍不已！牠真是一隻會笑、愛玩、喜歡跳的酷狗啊！

不久，揮別了「嬤孫」兩人，我們抵達「小學堂」，入座後，東雷還旁聽了一堂課，然後交代我們好好學習，下了課立刻回家，便離開了。

恩瑪說，這個「私塾」和一般補習班或安親班不一樣。是喔？希望我能慢慢感受到。我大她一歲，但同班，無所謂，我不是很在意。

我們這一班，有據說教導和批改作文都很有毅力，一雙眼睛可以看透人的毅力老師、膚色白皙，卻酷愛潛水及游泳的潛水老師、喜愛一切有關「豬」的飾品及玩偶的愛豬老師（她是姨丈的妹妹）、活潑可愛得像小孩卻已經拿到碩士學位的鞦韆老師、對學生關懷體貼的玉瓷老師，以及不必看鏡子就能塗口紅，隨時都能變出紅筆來批閱指導的畫紅老師。

畫紅老師還是學堂負責人，正在臺上講話：「哇，有的同學來自新竹、高雄，還有遠從美國來的淳風呢，淳風，嗯，這名字好聽！」

她說得我有點臉紅，因為我不喜歡這個名字。

「大家還可以叫他『山米』。歡迎！歡迎！現在啊，老師要跟大家約法三章。聽過漢高祖劉邦吧？」

全班都點頭，我也是。誰能沒聽過電視、電影和電玩經常出現的劉邦呢？當然第一名要算諸葛亮那些人的三國故事了。

「秦末亂世，劉邦不是和項羽比賽誰先打入咸陽嗎？結果他捷足先登，並立即制定三條法律：『殺人者死，傷人及盜抵罪。』希望老百姓共守，以重整亂了很久的社會秩序。沿用到後來，只要事先提出應該互相遵守條約，就可以稱『約法三章』。呵呵，但小學堂可不只約三章而已喔。」

一堆規定，我在心裡嘟囔，大人就是喜歡立一堆規定來為難小孩。

「這些規約都很容易遵守，不會讓你覺得為難。」畫紅老師笑著看我。「大家要互相尊重，而如果加上自愛、自動，你還會發現我們的約定能讓你在優良的環境中，輕鬆學習，提升自己。『讀經、讀詩、寫作』的效用，不僅能很快看見，也能為你們的將來增加很多助益。」

希望是真的。我又嘀咕。好懷念去年的足球夏令營啊！但，跟著老師們上了幾堂課後，我很不情願的承認：其實沒那麼無聊啦。

原來孔子和學生之間挺爆笑的，並不死板；一直被貶官、發明東坡肉的蘇

東坡，竟然愛叫書僮去掃掉花影！而作文也沒那麼難，毅力老師還說我的邏輯組織觀念很棒；雖然我不情不願寫了一百字文章而已，她卻大讚我超有想像力，錯別字多暫時沒有關係。

尤其Coffee Break午茶時間，在書櫃前（我從沒見過這麼多的方塊字書籍）看了有關項羽和劉邦相爭多年的故事，足足看了二十分鐘！當然，也因為恩瑪碰到她學校的同學，兩人一直聊天，而我又不想和別人下棋、堆疊疊樂等。

「她是我一個男同學的表妹，才要升五年級，和我滿好的，叫碧波。」恩瑪還是找了時間為我引介，「碧波，他是小安阿姨的外甥，回臺灣過暑假，要升七年級了。」

「崔淳風嘛，山米嘛，老師介紹了。」個子比恩瑪嬌小的碧波，推推眼鏡，上上下下的看我。「淳風．崔，你的皮膚十分黝黑，很喜歡運動吧？看起來又桀驁不馴，應該也惹了不少麻煩吧？」

我可以感覺自己的鼻孔撐得很大，這個膚色白、髮色深，講話直接的大近視兼書呆女！但我沒有說出口，老師才要我們互相尊重，我就暫時不同她一般

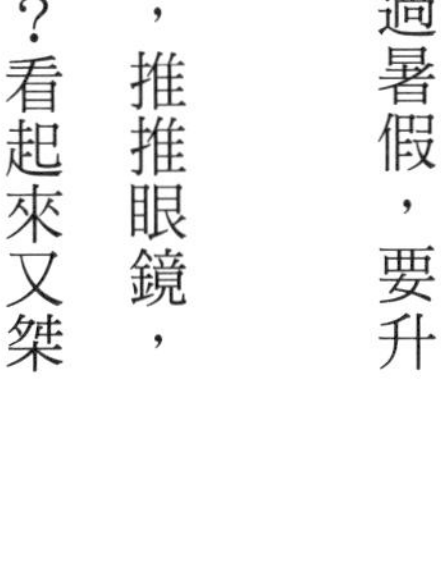

見識！

「啊，很有學問的碧波就是說話太直，沒別的意思呀！」恩瑪連忙緩頰。「碧波，山米哥哥很會游泳，外號叫『海王子』呢！」

「游泳？哇！好可怕！」碧波的臉色竟然大變。「我怕水，是隻旱鴨子！我好怕水！」

見她如此模樣，我不禁起了壞心眼，「怕水？嘿嘿，那就對我好一點，否則……」

「否則怎樣？」她凶悍的揚起下巴。

我將「把你丟下水」吞回去，只冷笑說：「對我好一點，否則你哪天跌進水裡，我一定不會救你。」

約法三章

【身世來處】《史記・卷八・高祖本紀》

漢元年十月，沛公兵遂先諸侯至霸上。秦王子嬰素車白馬，係頸以組，封皇帝璽符節，降軹道旁。諸將或言誅秦王。沛公曰：「始懷王遣我，固以能寬容；且人已服降，又殺之，不祥。」乃以秦王屬吏，遂西入咸陽。欲止宮休舍，樊噲、張良諫，乃封秦重寶財物府庫，還軍霸上。召諸縣父老豪桀曰：「父老苦秦苛法久矣，誹謗者族，偶語者市。吾與諸侯約，先入關者王之，吾當王關中。與父老約，法三章耳：殺人者死，傷人及盜抵罪。餘悉除去秦法。諸吏人皆案堵如故。凡吾所以來，為父老除害，非有所侵暴，無恐！且吾所以還軍霸上，待諸侯至而定約束耳。」

【密碼破解】提出應該共守的條約，以利事務進行。

【同類相聚】明文規定、制定規約

【異類相背】背信棄義、草率從事

琵琶別抱

琵琶別抱？那麼……抱吉他可以嗎？

我覺得將了碧波一軍，誰叫她不給人留情面，看來她才是那種趾高氣昂的好學生；偏偏她是恩瑪的好朋友，所以我那樣講，也還算有良心。

「你背好了嗎？」下午，恩瑪來訪，問我背誦學堂規定的經和詩了沒。

「不想背。」我答得很直接，吹著電扇，摸摸躺在我腿旁的浪花的小肚肚，再望望院子裡被太陽烤得乾乾的泥土。

恩瑪捧著講義，兀自誦讀了起來。「子曰：『人無遠慮，必有近憂。』」在說我嗎？我轉頭，見她晃動著可愛的小腦袋，不覺微笑起來。這時，一位年輕貌美的女生從花園外走過，我突然想到，要是在美國，傑克一定會對她吹口哨，然後大叫：What a hot babe！（身材火辣的小妞）

唉，他後來一直沒回我的 e-mail，也不在 Skype 上，Facebook 開心農場的雞也很久沒餵了，讓我不解，感到十分的煩悶、憂慮。恩瑪問我為什麼嘆氣，我竟毫不隱瞞說了。「……就是這樣。我正在被死黨丟棄。」

「喔，他琵琶別抱了啦。」她下結論。

「琵琶別抱？」我不懂，虛心請教：「那……如果琵琶別抱，抱吉他可以嗎？」

她轉動著圓圓的眼睛，說：「不知道耶，應該不行吧，不然人家就會說『吉他別抱』了呀。」

我聽了，感覺就像阿嬤講的「霧煞煞」，就是哪裡怪怪的。不料一陣笑聲傳來，原來是阿姨。

「呵呵！啊唷，『琵琶別抱』怎麼會扯上吉他呀！」手上拿著玉米罐頭的阿姨，止不住笑，但仍解釋：「這出自白居易的〈琵琶行〉，『千呼萬喚始出來，猶抱琵琶半遮面。』在古代，是指婦女改嫁，後來則用來比喻女子結交新男友，不能拿來形容山米和傑克啦！你們還真可愛耶！」

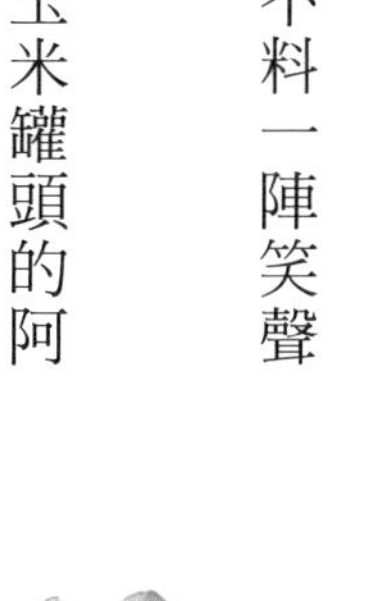

那時我感到：真是羞赧。

「啊，不過基本上聽著叫山米和恩瑪的小孩討論中文，就是一件很酷的事了！」她竟笑得無比燦爛。「繼續、繼續，有討論有進步！」

見阿姨離開，我忍不住問恩瑪：「喂，阿姨不是說你『上知天文，下知地理』嗎？」

「沒錯呀，我就是只有天文和地理比較強，其他的，不騙你，都很爛。」

真是奇葩！我吃驚的張著嘴。

她倒是從容不迫的接著說：「我知道了，我媽媽就真的叫『琵琶別抱』，她在我小時候和我爸離婚，去嫁別人了。」

「Oh! I'm sorry.」我突然覺得心酸，盯著有淺色髮絲、淡淡雀斑的她，問：「那你爸爸呢？我看你都和東雷在一起。」

她的眼睛在剎那間轉紅，囁嚅道：「爸爸……在中國的上海開工廠，很忙，我一年見不到他幾次面……我幾乎是……叔叔帶大的……」

我不敢再問了，我很不擅長也討厭面對這種場面，但又無法撂著不理，只

好拍拍她的肩：「別哭了，東雷對你pretty好的耶！」

浪花「咿嗯」一聲，竟爬起來舔舔她。我忙去拿面紙給她。

她擦擦淚，吸吸鼻子：「就是……因為叔叔對我很好，我很怕變成他的拖油瓶，他都廿八歲那麼老了，卻還沒……結婚……」

老？我想起東雷看阿姨的表情，試探問：「你叔叔是不是喜歡小安阿姨啊？」

她點頭，我接著拍拍大腿道：「這就對了嘛！不是你的問題，是東雷在單戀有夫之婦，難度有夠高的，才不是他的姪女耽誤他咧！要搞清楚！」

恩瑪天真的笑了，不再哭泣。浪花也立刻「汪咿！」叫，這時阿姨從起居室探出頭來，問：「小浪，晚餐換希爾思的好嗎？雞湯牌的賣完了。」

浪花竟「汪咿！」的回答，還搖著尾巴，真是隻會思想的小狗呀，讓你覺得：牠是家裡的一份子。

「啊，娃娃哭了！對了，請恩瑪姊姊帶小浪去沙灘玩鼻球，好不好？」

忘了才在哭，恩瑪立刻拍起手來：「好啊！很久沒和浪花在外面奔跑了！山米也一起去嘛！」

浪花興奮跳著小碎步，迫不及待，我訝異牠怎如此聽得懂人話！恩瑪笑著，我們聯手替浪花繫上四色綁腿，背上裝有鼻球和布骨頭的斜背包，大吼大笑的，一起往海邊奔去。

一路上陽光炙熱，我沉沉的心卻奇怪的，第一次飛翔。

琵琶別抱

【身世來處】 唐・白居易〈琵琶行〉

潯陽江頭夜送客、楓葉荻花秋瑟瑟。……千呼萬喚始出來、猶抱琵琶半遮面。轉軸撥絃三兩聲、未成曲調先有情。……座中泣下誰最多、江州司馬青衫溼。

【密碼破解】 形容女子結識新男友。

【同類相聚】 琵琶別弄、移情別戀

【異類相背】 白首偕老、從一而終

心無旁騖

不管讀書或玩樂，都要全神貫注，才不會浪費生命。

原來「鼻球」是小安阿姨發明的！像人類的足球，只是得用鼻子推，而球門有四個，並可視球員數隨地圍出一個球場來。基本上是專為貓狗動物設計的，恩瑪說八爪、小吉都是浪花的球友。我訝異至極，阿姨怎有辦法讓貓狗聽令玩耍呢？實在太厲害了！

暑假，學生們考完大考，讓「陽光海」生意好上加好，多僱了兩位工讀生才應付得過來。姨丈每天都忙到晚上十二點後才打烊，一早大家又要做許多準備，以致我要上學時，大人們漸漸沒空隨行。今早浪花一直吵著要跟，竟像小孩一樣跺腳，又是央求又是發脾氣的，真讓我看傻了，也算大開眼界。最後，阿姨終於答應牠可以跟去捷運站，但要立刻回家。她告誡牠，如果在外貪玩逗留，

就沒有下一次了；而若迷路、被壞人拐走，那麼緣分也盡，就此 bye-bye 了。

阿姨真酷！但不得了的是，浪花居然點點頭，然後開心的讓恩瑪抱進單車的籃子裡！我只能吃驚的騎上阿姨的單車，再臉紅的盯著前方放有兩個書包的菜籃。

我和恩瑪開始在淡海堤防競騎，她前方的浪花緊抓著籃子，模樣真可愛，而且髮絲飛揚，和恩瑪的頭髮一樣。到了老街，雖然早上的淡水遊客還不多，但我們還是放慢速度，不是我怕死，安全第一嘛。

「喂！恩瑪！」一個男生突地跳出，張開雙臂擋住我們的去路，恩瑪還緊急剎車，浪花差點跌下來。

「See the thing that you do !」我實在生氣極了，脫口就喊：「Crude and impetuous !」

「跩什麼跩！你才莽撞咧！」他瞪著我，大聲吼。

恩瑪驚魂甫定，說：「高竿！你嚇死我了，這樣很危險！」

「我急著找碧波，你有沒有看見她？」名叫高竿的傢伙說。

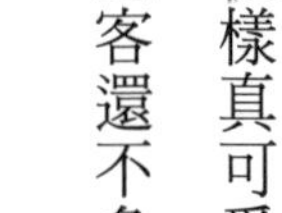

「碧波？去小學堂了吧，她家住紅樹林那裡，不會在這一站上車啦！」

「小學堂？那個作文班嗎？」

「不只啦，還有經典、文學和——」

「來不及了！我改天再找她！」他打斷恩瑪的話，又轉頭來對著我，很不屑的樣子。「哼，竟然騎菜籃車，活像個女人！」

恩瑪拉住我想摔車和他打一架的動作，叫我別在意，說高竿是碧波的表哥，性子就是急了點。不久，我們鎖好單車，對浪花叮嚀一番，才去搭捷運。

到了景美的小學堂，全班都在找老師們背誦昨天上過的指定詩文（碧波還將不必背的也全背了），置身其中，我又像個局外人了。玉瓷老師細細的聲音喊著我，我索性跑到教室後面的書架找書看，今天選了有關莊子的漫畫。一會兒，毅力老師過來問我怎麼都不背，我說雖然媽媽常教我中文，在美國也上一些課，但文言文我背不起來。

「嗯。老師上課講解過後，你懂意思嗎？」她又問，見我點頭，繼續道：「那就先背幾條超簡單的，來，老師幫你勾，放學前背完就好。」

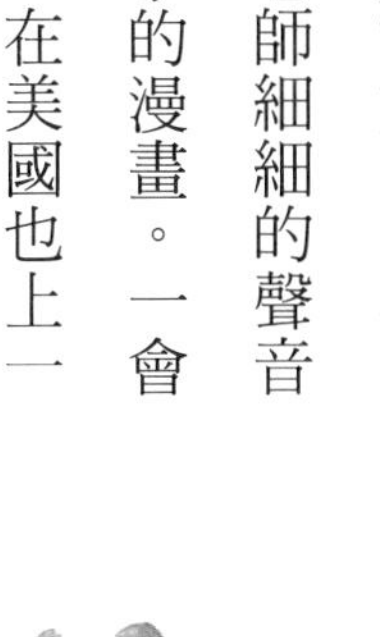

我看見恩瑪對「全背」碧波鼓掌，不禁問：「老師，有個詞叫潔傲不什麼的，是指不清潔嗎？」

「桀驁不馴？」老師笑笑，在講義上寫給我看。「唸ㄐㄧㄝˊ ㄠˋ ㄅㄨˋ ㄒㄩㄣˊ。就是性情倔強，我行我素，從不順從別人的意思。有人那樣說你嗎？那就是還不夠了解你，你只是看起來桀驁不馴，其實內心善良、開朗，而且，會見賢思齊。」

我望著毅力老師，細想：那真的是我嗎？她笑笑，便離開去準備上課了。

「山米！」每天都很「關心」我的愛豬老師這時過來摸摸我的頭：「我哥還好嗎？娃娃乖不乖呢？最重要的，你還適應嗎？有沒有不舒服？」說著，遞給我一瓶茶飲料。

聽說她新婚不久，住在臺北東區，對我好到讓我懷疑起她會不會是我的親生母親。昨晚我終於和又華媽媽講到電話了，她只問了一下尋找的狀況、叮囑我別惹麻煩，就匆匆掛線了。難道媽媽怕我離開她嗎？不會的！

「看碧波讀書，真是舒服。」毅力老師一上課就說：「她總是心無旁鶩，把

閱讀當作至高的享受。『心無旁騖』知道嗎？鶩是名詞，指鶩鳥，類似野鴨。不要寫成下面有一匹馬的好高騖遠的『騖』，那是動詞，追求的意思。孔子的接班人孟子提過，有兩個人同時跟棋弈高手弈秋學下棋，其中一人專心致志，另一人卻老覺得會有大鳥飛來，隨時想拿起弓箭射牠們。所以，雖然一起上課，但在學習效果上，一直想射鳥那位就不如專心的那位了。後世將這個故事演變為成語『心無旁騖』，就是指專心到看不見旁邊其他事物，一心一意，沒有其他念頭。」

「碧波真的是這樣耶！」叫大東的頑皮男生舉手說。「我跟她說話，在她眼睛前揮手指頭，她都沒看見！」

「又不是瞎了。」一位女同學接腔：「她只是懶得理你。」

全班大笑，碧波本來嘟著的嘴，也咧了開來。毅力老師笑道：「不管讀書還是玩樂，都要全神貫注，該玩時玩，該用功時用功，才不枉費生命。」

「但我認為是該玩的時候，我爸媽都不認為耶！」

有人和平抗議，大家便開始「對啊、對啊」的抱怨起父母。這下好玩了，

我心想。不料老師從容不迫的說：「有些認知是不好拿捏，而且你們也應該承認自己比較偏袒玩的那一邊吧！提供一個好方法，只要把學習當作玩樂來專心認真的看待，不就一舉兩得、皆大歡喜了？」

「很難耶！老師！」

「儘量嘍！在小學堂，我們就這麼做。而且你可以在生活中，把握機會，輕鬆吸收、輕鬆學。」

這時我舉手發言，後來連自己都很訝異。「大家都說，包括我爸媽，現在和未來是華文的世紀，有那麼多人搶著學中文！所以，我發現不論走到哪裡，都會有人對我解釋成語的典故，是不是很怪？」

「真的嗎？那你真幸運！山米，有人為你解釋或買書讓你看，你真的非常幸運、幸福！」老師認真的看著我。「而且，不覺得那些典故、故事很有趣，也有助於你了解、記憶成語嗎？」

「為什麼我必須了解、記憶成語？」

「Good question. 大家是不是覺得能講話、會溝通，頂多文章不要寫得太

不通順就可以了，記那些幹麼呢？」見許多人點頭如搗蒜，她再說：「山米，你愛游泳對吧？那你認為菲爾普斯（Michael Fred Phelps II，美國游泳運動員，綽號「飛魚」、「水神」）在學會閉氣、踢水後，不會想學換氣嗎？甚至挑戰四百公尺、八百公尺？同樣的項目，不會想從五分鐘精進到三分鐘游完？而學會自由式之後，不會想練蛙式、蝶式？如果都不會啊，就沒有二〇〇八年八面奧運游泳金牌的世界紀錄了。」

我咀嚼這番話，感覺心海裡突然出現一道閃電。

「當然不是每個人都必須，或可以成為菲爾普斯，的確，學游泳基本上是掉到水裡不溺死就好；中文學習也是如此，會認字、會說寫就好，閱讀經典、記誦成語、學會運用修辭等，都不是必須的。但如果能輕鬆的學習這些千古傳承的智慧與簡潔之美，讓你表情達意時更為流暢，甚至在描寫形容上愈加優美，那有什麼不好呢？可以跟和你一樣有個性的古人做朋友，向優秀的人才學習知識與品格，又有什麼不好呢？就是這樣的道理。『了』嗎？」

「了。」我笑。「但我為什麼需要優美的描寫和形容？我又沒想當作家。」

「難講喔，說不定哪天你會寫本小說什麼的，或給女朋友寫情書呀！」

全班又是大笑，我極力想鎮住正急速往頭部衝的血液。

「呵呵，山米臉紅更帥了。」毅力老師好整以暇的按著電腦滑鼠，準備用投影片教授今天的內容。

「還有，考試時，在大家都會寫中文的情況下，你若是閱卷老師，會給怎樣的文章高分些？對嘛，你一定懂，這時，高低上下立判。」毅力老師接著說：「總之，能有機會學習，就專心的全力以赴，更要懂得循環利用，像做地球環保一樣，每項資源都要珍惜與循環使用，不要浪費。而且，要學得快樂，如果不快樂，學來的東西，是記不長久的。」

心無旁騖

【身世來處】

《孟子・告子上》

弈秋，通國之善弈者也。使奕秋誨二人奕，其一人專心致志，惟奕秋之為聽。一人雖聽之，一心以為有鴻鵠將至，思援弓繳而射之。雖與之俱學，弗若之矣。為是其智弗若與？曰：非然也。

【密碼破解】

比喻貫注全神，十分專心。

【同類相聚】

專心致志、聚精會神

【異類相背】

心不在焉、漫不經心、心猿意馬

第二章

關關難過關關過

沐猴而冠

我告訴自己別惹麻煩，不料，雙腳卻往他們走去……

沒想到，昨天聽完老師的回答之後，我竟然謝謝她，然後滿意的打開講義。其實就算在美國，我也不常問問題，只要能游泳、能踢球，我不在意其他事情。

講到游泳，若是接力比賽選組員，我當然選做得更好的菲爾普斯，不會選碧波。我感覺自己咧嘴一笑，浪花應該都比她強吧。當然，作文或國語文競賽，碧波也不會選我啦！哈哈，這樣我就懂了。

老師說，真的不是每個人都要去當菲爾普斯、杜甫或蘇軾，但要在生活中多努力充實、把握學習機會，若不經多方嘗試與觀察，很難明白自己有興趣的領域在哪裡。

雖然懂了，但我昨天還是在玉瓷老師面前，把簡單的詩文背得零零落落的。

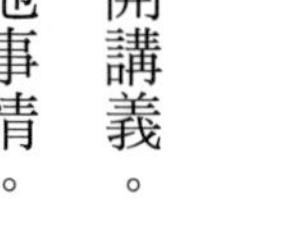

儘管如此，她仍不停鼓勵我：「加油，剩下兩句了。提示你：就算別人不知道我的才華，我也不生氣……」連畫紅老師經過教室門口，都對我微笑表示加油。

晚上，我在玩線上遊戲時，小時候一身黑毛，長大卻「變髮」為金黃色的浪花，竟啣了一本抹茶色的書來放到我腳邊。牠當然不是要我講床邊故事，那是小學堂的講義，可能看恩瑪總是捧著那本書，牠就覺得我也應該讀。

「你管起我來啦？咦？講講故事給你聽也不錯。算獎勵你嘍！」我摸摸牠的頭：「很久以前啊，有個老莊……不，是有個老子，什麼不愛，超愛水！還有個莊子，堂堂大男人耶，竟夢見自己變成蝴蝶……」

阿姨說到浪花早上很快的成功回家時，眼裡竟泛著愛子長大獨立的喜悅之淚……唉，要不要這麼煽情呀？但，我現在在幹麼？唸故事給一隻狗聽？每天還對牠說話，讓牠偎在我肚子旁睡覺？還在終於看見那隻貓的「全身」時，覺得很感動？天啊！我一定是病了，這一點都不像我。

今天，我穿了白襯衫、西裝褲和黑皮鞋來上課，因為東雷開的釣具店公休，

他自願帶我去市政府社會局查查我的協助收養相關資料，看有沒有當初大家沒注意到的端倪；然後，再帶我和恩瑪去看我非常期待的電影：《變形金剛》。

中午快放學時，畫紅老師拿起紅筆寫下「沐猴而冠」，說：

「上次提到，劉邦入咸陽城後與百姓『約法三章』，取得支持。不久，項羽也入關秦國首都咸陽，但卻殺死已經投降的秦王子嬰，還放火燒毀了阿房宮，大肆搶奪財寶和婦女，想一舉返回江東故鄉。這時有人向他建議，關中有山河四面環繞，屬於天然屏障，而且土地豐沃，若在這裡建立首都，必能稱霸中原。但，項羽見秦的宮殿都燒毀殆盡，加上思鄉情切，便回答：『一個人富貴了卻不返鄉，如同穿著漂亮的衣服在黑夜行走，誰看得到啊？』之後，那人對旁人談起，就說啊，人們都說項羽『沐猴而冠』，像隻個性急躁的猴子，學人戴冠戴帽的，卻缺乏遠見及穩定性，無法成就大事，看來傳言果然不假。這些話傳到項羽耳中，他立刻烹殺了那個人。各位同學，這就是劉邦和項羽的不同呀。而後世就把『沐猴而冠』用來比喻一個人只有表相，本質不脫粗俗，而且急躁、沒有遠見。另外，因為獼猴性子很急，無法像人一樣長時間配戴著帽子、冠帶，所

以也可以形容一個人性情急躁。在下課前，老師提醒大家，不管對任何事情，記得喔，眼光要放遠一點，千萬不要急。」

整理書包準備離開時，我看到碧波在教室門口正和表哥高竿講著話，高竿拉扯她的衣角，似乎有些糾纏。我告訴自己別惹麻煩，我只是來找生母、順便學點中文而已。但，我的腳卻往他們走去，誰叫碧波一副很為難的樣子！

「需要幫忙嗎？」我問。

「會需要你幫什麼忙？管閒事！」高竿竟對我凶。

嬌小的碧波擋在我們中間，忙說：「沒事，山米，他是我表哥啦，真的沒事！」

「凶什麼？」我不甘示弱，挺起胸膛。「你好像在強迫她！」

高竿舉起拳頭，對我挑釁吼道：「欠扁啊？你『嗆』什麼聲？我剛剛聽到老師不是才叫你們不要急躁，看你現在，『沐猴而冠』！穿成這樣，『啥米碗糕』！」

「高竿！」從洗手間出來的恩瑪，拉住他的手臂。「別亂說！」

我氣得想掙脫碧波的手，上前和他好好「料理」一番。但這時潛水老師雙手

左右一伸，同時各貼住我和高竿的胸部，也拉大了我們的距離。

「停！在文明社會裡，就要好好說話。」她使著力，一時間，我們三人就像練武運功一樣，而潛水老師正傳導著內力給兩個比她還高的孩子。我不禁退了開來。

愛豬、玉瓷、鰍鱺老師也趕來排解這起衝突，各自拉開我們。碧波頻頻道歉，說他是她表哥，大家發生一些口角而已。

「不要這麼容易動怒。」潛水老師甩甩手。「每個人說話的語氣都要好一點。」

「發生什麼事了？」東雷出現了，以家長之姿。「有人在跟人家不愉快啊？」他循著怒容，看看我，再看看高竿。潛水老師忙解釋：「就是小孩之間的衝動和誤會啦。」

高竿和碧波離開後，潛水老師與東雷談過，愛豬阿姨也好好「關心」了我，我才和東雷、恩瑪走進電梯。一陣沉默，我沒有看他們，只淡淡道：「我不想去社會局了。」

恩瑪竟答：「好啊，那我們直接去吃飯和看《變形金剛》！」

那單純的表情，使我不想毀掉她的興致，便笑笑，說好。

沐猴而冠

【身世來處】漢・司馬遷《史記・卷七・項羽本紀》

居數日，項羽引兵西屠咸陽，殺秦降王子嬰，燒秦宮室，火三月不滅；收其貨寶婦女而東。人或說項王曰：「關中阻山河四塞，地肥饒，可都以霸。」項王見秦宮室皆以燒殘破，又心懷思欲東歸，曰：「富貴不歸故鄉，如衣繡夜行，誰知之者！」說者曰：「人言楚人沐猴而冠耳，果然。」項王聞之，烹說者。

【密碼破解】比喻性情急躁的獼猴學人穿冠戴帽，卻不脫粗鄙本質。亦可喻性情暴躁。

【同類相聚】衣冠禽獸、虛有其表

【異類相背】表裡如一、秀外惠中

苟且偷安

是不是太得過且過，對生活沒有半點感受能力呢？

恩瑪真是個特別的女生。

我們看完《變形金剛》，我為片中目不暇給的機器人瘋狂，尤其超想擁有博派的至尊首領柯博文！恩瑪竟也可以和我一起討論所有的變形車，甚至為片中的關鍵：獵戶星座而鼓掌！一點都不像那些只喜歡玩洋娃娃或迷夢幻偶像劇的女生。

她還在東雷說他看得眼好花、頭好昏後，評斷他已經老了；下一秒，卻又求人家，等《名偵探柯南第十三彈：漆黑的追跡者》上映後，一定要帶我們去看。

「不過，我最想看的是七月二十二日本世紀持續時間最長的日全食！有六分

多鐘耶！可惜，聽說臺灣只看得到日偏食，亞洲只有日本、中國的上海和重慶等地才看得到日全食。唉，上海……」

我和東雷對望一眼，都明白得趕緊轉移「上海」話題，於是問了她很多天文方面的問題。那時我還不懂，他們其實也轉移了我晦暗的心情。

晚上，我看完卡通「鋼彈」，接著拿ＰＳＰ玩。浪花又叼來那本抹茶色講義，我沒理牠，牠竟「咿嗯」的直撒嬌。

「吼，去交女朋友好不好？只會吵我。你的貓朋狗友咧？不然就去找方向玩！」我對著牠可愛又無辜的臉嘀咕，牠沒動，仍然「咿嗯」的叫。「是怎樣？你的中文程度已經快比我強了！」

嘴上這麼說，終究我還是翻開書，給牠唸故事。

「你知道孔子的學生子路都六十幾歲了還是很衝動嗎？他很有義氣，孔子很信任、很喜歡他，但也預言過他會死得很淒慘。現在，浪花同學，山米老師就來告訴你子路是怎麼死的……」

唸著唸著，我看了端正坐著專心聽講的浪花，簡直就是「心無旁騖」！牠不

能上學求知實在太可惜了。瞄了眼老師特別勾選的「簡單版」詩文，我嘗試背背看。「孔子的志願？嗯，子曰：『老者安之，朋友信之，少者懷之。』哦？也不是很難嘛。喂，小浪，你聽過『但願人長久，千里共嬋娟』吧？竟然是蘇小軾寫給他弟弟蘇小轍的，哈哈，我一直以為是寫給情人的耶！哪有兄弟感情會這麼好的啊……」

隔天一早，當我主動背出三條短短的詩文讓玉瓷老師聽時，她相當吃驚，一旁的毅力老師還差點掉眼淚。

只可惜，恩瑪沒看到。

早上，東雷打電話跟阿姨說，昨夜恩瑪的媽媽接她去新竹玩，今天不上學了，煩我代為請假。我感到有點失落，不知道是因為恩瑪，還是因為她的媽媽。反而是碧波也為我鼓掌，大讚：「Good job !」但想到老師要大家多跟我講中文，才又改口：「淳風崔，太棒了！」

她後來還跟我道謝和道歉，說他表哥人不壞，只是嘴巴壞。但，嘴巴不是長在人身上的嗎？我心想。

午茶時間，鞦韆老師突然笑起來，大家不明所以，過一會兒她才拿起麥克風說：「我剛看到有人在寫學校的暑假作業，『苟且偷生』的造句，他居然寫：『媽媽懷孕了，爸爸不想要，但後來媽媽還是把弟弟苟且偷生了下來。』」

等全班哄堂大笑後，鞦韆老師接著道：「這是搞笑造句法，不能這樣用啦！『苟且偷生』是指貪圖眼前的生活，得過且過，勉強生存下去。和生孩子無關，別再用錯喔！」

我一時冷汗直流，非常震驚，不停的思索：難道我就是那樣「被媽媽苟且偷生了下來」的？

「各位同學，順便學一個成語：『苟且偷安』。『苟且』這個詞，出自《漢書》，是行事隨便、草率，得過且過的意思；『偷安』則是漢代賈誼說的，他認為不能為了諂媚皇帝，就斷言天下已經安定，這是貪圖眼前短暫的安逸，不顧以後可能發生危難的做法。而『苟且偷安』組合起來，便是形容人不知振作向上，只貪圖眼前的安逸，不顧慮將來。」

老師解釋得很詳細。但我問，自己是不是這樣呢？得過且過、貪圖安逸？

我的心一直被這些詞彙充斥著，滿得快爆開來，尤其之前那句「被苟且偷生了下來」，雖是搞笑版，卻摧枯拉朽的，直中我的心臟。

下午，和浪花一起到靠海那邊的堤防坐著，我對牠講了所有心事，從Long Beach的生活、千里來臺尋母，到今早的「苟且偷生」。牠靜靜的聽，彷彿是人，而不是狗。記憶所及，我還不曾對人講過這麼多關於自己的事，即使是對死黨傑克。

「謝謝你聆聽我，呃，謝謝你的聆聽。小浪。」

手枕著下巴，趴在地上的牠，突地嘆了口氣，然後轉頭望向大海。夕陽西下，渲染了許多金橘黃交錯的燦爛雲彩。

我忽然覺得自己很殘忍。對浪花講這些心事，牠卻連自己的「母親」是否存在都不清楚！我記得牠是阿姨從朋友家帶回來的。

人不能選擇父母，卻可以做自己的主人；狗不能選擇父母，也不能選擇主人，何況是做自己的主人！除非萬事俱足、因緣巧合，否則常態下，牠們多半一出生就注定與母親分離。父親呢？那是遙遠的，不確定的，傳說中的一個名

詞而已。

「對不起，小浪，你聽我一直講母親，很難過吧？」我握握牠的手。「那你和山米一起浪跡天涯好了。」

牠盯著我，眼裡浮現蔚藍天空。

「啊，不行，如果浪跡天涯，你小安媽咪會心痛。Hurts her heart. 她那麼愛你。」

浪花「汪咿」叫了一聲，還站了起來，搖著尾巴。

「想到你小安媽咪啦？」我躺下來，牠隨即舔了我的臉。「嘿，小安都會問你意見耶，真幸運啊！讓人覺得，你就是自己的主人！」

我嘻嘻笑著，將牠舉起來，當成藍天中的主景。「你媽咪和阿嬤對你超好，好到讓人吃醋！也很令人感動啦。想想，她們簡直把你當成真正的孩子，不嫌你四隻腳、黑鼻子，不嫌你長尾巴，還永遠不說話……」

我頓時愣住，想起又華媽媽也這樣對我，不自覺放下浪花，坐起，呆呆望著對岸嫻靜的觀音山。

苟且偷安

【身世來處】

「苟且」：《漢書．卷八十六．何武王嘉師丹傳．王嘉》

嘉為人剛直嚴毅有威重，上甚敬之。哀帝初立，欲匡成帝之政，多所變動，嘉上疏曰：「臣聞聖王之功在於得人。孔子曰：『材難，不其然與！』『故繼世立諸侯，象賢也。』雖不能盡賢，天子為擇臣，立命卿以輔之。……孝文時，吏居官者或長子孫，以官為氏，倉氏、庫氏則倉庫吏之後也。其二千石長吏亦安官樂職，然後上下相望，莫有苟且之意。其後稍稍變易，公卿以下傳相促急，又數改更政事，司隸、部刺史察過悉劾，發揚陰私，吏或居官數月而退，送故迎新，交錯道路。……」

「偷安」：漢．賈誼《新書．數寧》

臣竊惟事勢，可為痛惜者一，可為流涕者二，可為長大息者六。若其它倍理而傷道者，難遍以疏舉。進言者皆曰「天下已安矣」，

臣獨曰「未安」。或者曰「天下已治矣」，臣獨曰「未治」。恐逆意觸死罪，雖然，誠不安，誠不治，故不敢顧身，敢不昧死以聞。夫曰「天下安且治」者，非至愚無知，因諛者耳，皆非事實知治亂之體者也。夫抱火措之積薪之下而寢其上，火未及燃，因謂之安，偷安者也。方今之勢，何以異此！

【密碼破解】 指得過且過，不知振作向上，只求眼前短暫的安逸。

【同類相聚】 自暴自棄、得過且過、苟且偷生、因循苟且

【異類相背】 發憤圖強、高瞻遠矚、寧死不屈

鞭辟入裡

太偏僻了，要進入深山裡！我幾乎「苟延殘喘」了……

恩瑪兩天沒有上課，不過下午倒是帶著小吉來找我了。那時我才看完威廉波特世界少棒亞太地區資格賽的冠軍賽，沒有替美國屬地關島加油，倒為中華隊小選手們的表現感到五體投地。

「小吉！乖一點，別嚇到方向！」她喊著，順道說明：「小吉是去年在捷運站跟家人走失的流浪狗，後來我們收養牠，牠很愛方向。」

原來如此，那天，鼻子旁有大黑斑的吉娃娃小吉，就是想鑽進屋去找方向。狗愛上貓？酷。

恩瑪心情不好。她的媽媽帶她和同母異父的弟弟、妹妹一起玩，但他們太頑皮，動不動就尖叫，她實在受不了。而且，並沒有跟媽媽單獨相處的機會。

「媽媽的心其實都在弟弟妹妹身上……我趕快說不能再缺課了，她才送我回來。」

我不知道該說什麼，在這方面，我似乎沒有立場和智慧給她意見，只能看看浪花，對著牠說：「小浪，我們四個『天涯淪落人』一起去蹓蹓好不好？請恩瑪姊姊帶我們去騎腳踏車？」

浪花又興奮的跳了起來，恩瑪笑著抱起牠，也跟方向打招呼。我看著圓呼呼的貓，笑說：「十五天，這位小姐終於沒躲我了，但我只要一接近，牠又把自己藏起來。」

恩瑪笑說貓就是比較認生，隨即，瞥見我講義上紅紅綠綠的字，驚訝道：「哇！山米崔，你有在上課耶！」

「我講義上的筆記可以借你抄，你再配合老師給的缺課CD，應該就能補過來了。」

她抱著浪花，嘴巴張得大大的。「哇！我錯過什麼好戲了嗎？」

我取來浪花的出門裝備，牠立刻跳下。「問浪花啊，牠每天丟書叫我看，我

就講老師說的故事給牠聽。哈，總之，我主動背了經和詩喔，不只簡單版，還挑戰了幾則一般版的！毅力老師昨天差點掉眼淚，今天是真的流下一些了，只差沒像花田一路的老師在他考高分時那樣飆淚……」

在恩瑪的驚異神色下，我們著裝完畢，便到前廊牽車、告別大人們。阿嬤已經不叫我「啥米」了，進步到「三米」，反正是譯音，這樣也對。

下午五點，恩瑪領我騎車上山，兩個車籃裡的小吉和浪花，十分開心的欣賞景色。淡水小鎮地勢起伏大，才到滬尾砲臺公園，約三公里而已，我便已大汗淋漓、氣喘吁吁了！浪花「很適時」的吵著要下來，我只好停一下，恩瑪卻調侃我：「還沒開始『上山』哩！」

放了浪花在草地上和小吉奔跑，我順勢躺下，好奇問：「你不會累嗎？」

「會呀，但我常騎，所以還好。你一定也可以，你是運動健將耶！」

我笑了一下，起身拿水喝，說：「嗯！我要振作，要努力踩上山，絕不能『苟且偷安』！」

她又張大眼睛。「哇，你講成語耶！」

我有點驕傲的笑了，對她轉述「苟且偷安」，更講了今早的「鞭辟入裡」。

「寫作前，毅力老師提到碧波昨天的文章真是『鞭辟入裡』。我就問她，是太偏僻了，要進入深山裡嗎？結果大家又大笑。老師說是見解獨到，且深刻扎實的意思，接著解釋它的典故。沒記錯的話，是北宋理學家兼教育家程顥的理論，他認為身體力行很重要，不只是修身和處世，做學問也該自我鞭策，深入力行，才能求得真正的學問。啊，反正『鞭辟入裡』就是從這裡演變而來，也可以用來形容評論或見解十分的深刻透澈。『鞭辟』是鞭策、激勵的意思。天啊！這麼難的字，我居然記得起來！我病了我！」

恩瑪哈哈大笑，露出可愛的虎牙。浪花則汪汪叫，恩瑪說牠在催我們了，再不走，牠又要去撲花，把自己弄傷了！她描述去年浪花曾經撲向從橋下生長上來的鳳凰花，因此跌下橋，受傷、骨折，她哭了很久，也和鄰居小賓一起內疚了好久。

「撲花？你這麼浪漫喔？」我問浪花，把牠放進籃裡，又問：「那小賓呢？沒看到他。」

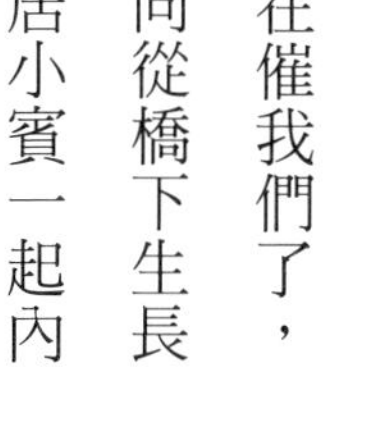

恩瑪拉拉帽子，立即往前騎。「上個月搬家了！」

我聳聳肩，沒有多問。迎頭趕上後，邊跟她說：「老師還讚美另一個同學的文章『擲地有聲』，說美妙到丟到地上都能發出鏗鏘有力的聲音耶！」

她呵呵笑著，領我在大街小巷穿梭了一、兩公里。我騎得暈頭轉向，她倒繞得很有成就感。

「大土地公！」她指著左前方喊：「要開始上山嘍！」

天，才要開始啊？現在覺得陽光海那邊的沙崙路真是平坦！而到砲臺公園之前和馬偕銅像那裡的爬坡，也不算什麼了。

「櫻花農場！」我的腿已經有點發軟時，她指著左前方又喊。

然後是持續好長的大陸坡，我的腿部肌肉和臀部椎骨都在抗議著，但可不能示弱啊，難道「海王子」離開了海就變「遜王子」嗎？我們超越幾位也正揮汗奮戰著的騎士，大家的腿抬得都像電影慢動作放映一樣，臉部則是痛苦的悲情戲。

「汪咿！」浪花轉過頭來貼心的舔了我都是汗的額頭，我趕忙喚牠坐好，為了安全，當然也希望牠諒解，此時我多說兩個字都是一種折磨呀！

「小土地公！」恩瑪在熾熱的風中回頭，對我鼓勵著：「加油，接下來兩關是高難度的！」

那時，我累到幾乎已是「苟延殘喘」，完全不明白是誰的腿在踩單車，只有一個念頭：不能放棄。

「北新樂園！」她指著汗水又喊：「最難的是從這裡到下一關『斜坡之家』！加油呀！」

下一關？啊！我拚命咬著牙，任汗水溼透全身，提醒自己調整呼吸，堅持下去。你可以的，山米．崔！我為自己打氣。在青翠中，拐了個幾乎讓我投降的彎……

當恩瑪喊出「斜坡之家！」時，我的眼淚幾乎奪眶而出！

「恭喜……山米……最難的都通過了！」她在前方喘著氣喊。

總算啊！我的天。我對她擺出一個很酷的笑，卻在心裡哀哀的叫。接著便藉較緩的坡路舒展一下腿筋，然後在過了「水源國小」後短短的小下坡，讓四肢全部鬆弛，全身如釋重負，如獲得救贖。

這一帶的大樓、社區頗多，還有便利商店呢！真佩服住這附近的人，若不是愛山，誰會在這種幾乎「偏僻」入裡的地方安居啊！

「天元宮！」恩瑪宣布。「騎到階梯那裡休息吧！」

車一停，浪花一個縱身，已在階梯的第七級，開始跑上跑下了！

「吼，牠好像在說忍受我騎很久了！」我大口呼吸著。

「不會啦！」恩瑪的眼中倒映著落日餘暉。「牠知道你很厲害，你是第一個第一次騎就成功挑戰北新大道的人！而且都沒有休息，一氣呵成！呼……山米，我就知道你可以！」

鞭辟入裡

【身世來處】

《二程集・河南程氏遺書・卷十一・師訓》

學只要鞭辟（一作約）近裡，著己而已，故「切問而近思」，則「仁在其中矣」。「言忠信，行篤敬，雖蠻貊之邦行矣。言不忠信，行不篤敬，雖州里行乎哉！立則見其參於前也，在輿則見其倚於衡也，夫然後行。」只此是學質美者，明得盡，查滓便渾化，卻與天地同體。其次惟莊敬持養，及其至則一也。

【密碼破解】

指讀書、研究學問，能自我鞭策，深入細微之處。

【同類相聚】

鞭辟近裡、入木三分、刻劃入微

【異類相背】

言不及義、不著邊際、輕描淡寫

一籌莫展

不如一起努力研讀中文，說不定就能理解全信線索了！

原來可以休息。原來，阿姨那輛車的變速器是最陽春的。

真服了恩瑪，把我操得像海軍陸戰隊在過「天堂路」一樣！不過也因此，我才知道自己的潛力，還真不是普通的強耶！

嘿，將近五公里的急升坡耶！後來我才知道，今年臺北舉辦的第廿一屆聽障奧運「自由車公路賽」，就包括北新大道這一段！應該也是從北海岸來的全程中最艱難的一段。

恩瑪為大道上的七大關卡取名，說這樣騎起來才有一步步的目標可以鞭策自己。她的方向感很好，常常東繞西鑽，總是能找到新路線。還跟我說天元宮再過去，可以到金山、三芝和陽明山國家公園；而天元宮的吉野櫻是臺灣除了

阿里山外最漂亮的，我若三月底來，肯定看得驚心動魄、嘆為觀止！

從高山眺望海那邊，有一種遠距的茫茫美感，連夕陽都添了幾分滄桑。那天，我們和狗狗們嬉鬧、賽跑了一番，才溜滑梯似的滑下山。

在與恩瑪道別，接近家裡時，我看到愛豬老師從咖啡館出來。

心裡的某一處覺得怪怪的，但我不知道為什麼。隔天，偷偷問了教導作文的毅力老師有關愛豬老師的事，我不想問姨丈。最後，我提出質疑：「老師，不是常有女生太年輕就生了小孩，只好讓兄姊代養那種事嗎？」

「你電視劇看太多。」老師駁回我的問題，然後指著我剛寫好的作文，「這裡，再去加寫一點你的章魚戰士看到水母公主時的感覺。還有，我真的覺得你可以排除愛豬老師是你生母的可能性，她還不到三十歲。」

「那你呢？」其實我到現在都不明白那天是向誰借了膽。「是你嗎？」

毅力老師笑到得撐住頭。「你不能到處認媽啦，而且，我覺得養重於生。別說了，快、去、補、寫。」

回想那天問老師的行徑，真不像我平常的作風啊！今天不必上學，我在書

桌前拿出那封信，一讀再讀，還用打火機烤，看會不會浮現什麼密碼，但沒輸就是沒輸。我生著悶氣，一直掛在電腦遊戲上，娃娃的哭聲使我加倍煩躁，阿嬤叫我，我也不想理。

「來吃三明治啦！三米。」後來，她叨唸了起來：「只知道打電動，娃娃也不會顧一下，阿嬤叫也不回應！」

「吼！你又不是我真正的阿嬤！」

阿嬤吃驚的看著我。脫口而出的話已收不回，我立即從花園狂奔而出。只穿著夾腳拖鞋一路跑，直到六百公尺外的紅毛城口才停下。我坐在階梯一角，低著頭猛喘氣。這時，才看見浪花跟來了，牠吐著舌頭，也喘吁吁的。

「跟屁蟲！」我弄亂牠的頭髮，苦悶的心卻有了一點甜度，但想到剛剛做的事，心又酸澀了起來。

「山米——」是恩瑪！她竟在馬路對面的堤道上，舉著大本子對我揮舞。

「啊！還有浪花啊——」

綠燈後，她穿越斑馬線跑過來，我才看到一旁的小吉，浪花馬上熱情相迎。

恩瑪和同學從關渡水鳥公園寫生回來，問我們怎會在這裡，我們的樣子可一點也不像要參觀紅毛城。我把尋母都沒進展的苦惱和對阿嬤做的壞事都告訴了她。「很憂愁吧，真是一『愁』莫展。」她靠著城牆嘆氣。「不知道要往前還是往後。」

我突然一驚，覺得這句話好熟！連忙想一想，才跟她提「不知往前還是往後」是信裡其中一句！

「真的嗎？」她也很驚訝。思考一會兒，緊了緊差點被海風吹走的遮陽帽，接著說：「你親近的每個人，都可能是你媽媽。山米，不如我們一起好好研究，然後努力讀中文、學經典、練作文，說不定就能理解全信的線索了！」

我抬頭瞇著眼看她，豔陽下，彷若站著一位年輕的阿嘉莎．克莉絲蒂❶，或破案天才奇娜❷，還是單純無邪中文版的！

---

❶ Agatha May Clarissa Miller，英國著名偵探小說家，代表作品有《東方快車謀殺案》等。

❷ 日劇《破案天才奇娜》，主角春瀨奇娜，專門負責破解各種難以解釋、稀奇古怪的案件。

「但你一定要先跟阿嬤道歉，沒得商量。」她拿起大畫本，在上面塗塗寫寫，然後撕下。「幫你寫好了，你馬上回家，把它舉在胸前，然後——」

「喲！幹麼啊，約會啊？」

這聲音好熟！我很不情願的回頭，戴著球帽、背著釣竿的高竿正好走過來。沒有花太多時間，他就對我發動攻勢：「哼，從美國回來了不起啊？告訴你，現在石油都比美金貴了！」

我站起來，拍拍屁股，無懼的對著同我一般高的他，直視他的眼睛。「我們Long Beach自己的海底就產石油了，不勞你擔心。浪花！回家嘍！」然後丟下他和恩瑪。恩瑪會諒解的，高竿是她同學，不會對她怎樣。那傢伙就只喜歡找我麻煩而已。

我和浪花既帥氣又火速的奔跑著，從後院衝進起居室時，阿嬤和阿姨剛好都在。我立刻拿起恩瑪替我寫的「阿嬤對不起因我一愁莫展」的牌子，並說我不該講那種話。

想不到阿姨笑了起來，我完全摸不著頭緒。

「寫錯啦！是籌劃的籌，不是憂愁的愁。」她拿過紙張，寫上正確的，抬起頭轉向也笑著的阿嬤。「阿嬤，他中文不好都這麼有心了，你要原諒他嗎？」

老人家收起笑容，假裝嚴肅道：「好啦。但不准再這樣壞脾氣和沒禮貌。」

「不會了！」我竟舉手做發誓狀。

她們都笑了，阿姨遞給我毛巾擦汗，還看看猛舔著水喝的浪花，說：

「宋朝有位官員蔡幼學，他曾在新皇帝即位後建言：身為君主，有三大要事必須注意，就是『事親、任賢、寬民』，又以任賢為最重要。以前，君子總被小人暗中使計排擠或陷害，造成臣子們不敢有所作為；而與皇上親近的臣子本應忠言直諫，卻因忠言違逆聖意反而遭到皇上遺棄。再這麼下去，為君的必定毫無作為。縱使朝廷大臣如雲一般多，卻沒人能提供一點計策，國家這樣下去是不行的。山米，這原文是『一籌不吐』，後來演變成『一籌莫展』，用來比喻沒有一點計策，毫無辦法。以後要記得，是籌劃的籌，不是憂愁的愁。別再寫錯嘍！」

這個恩瑪……

一籌莫展

【身世來處】

《宋史．卷四三四．儒林列傳．蔡幼學》

陛下欲盡為君之道，其要有三：事親、任賢、寬民，而其本莫先於講學。比年小人謀傾君子，為安靖和平之說以排之。故大臣當興治而以生事自疑，近臣當效忠而以忤旨擯棄，其極至於九重深拱而群臣盡廢，多士盈庭而一籌不吐。自非聖學日新，求賢如不及，何以作天下之才！

【密碼破解】比喻毫無辦法，一點計策也施展不出。

【同類相聚】手足無措、計無所出、束手待斃

【異類相背】胸有成竹、急中生智、計上心頭

焚膏繼晷

捧著書的臺灣孩子坐在加拿大傳教士面前讀李白，酷！

這個恩瑪……
真可愛。要不是她寫錯字，阿嬤也不會笑出來，然後那麼快就原諒我。

「好啦好啦，你也很可愛！」在阿姨的房間裡，我逗著搖籃裡的娃娃，剛剛店裡忙，我自告奮勇顧她，但還不敢抱。一抬頭，見方向正端坐房門口盯著我。

「方向小姐，你也可愛啦！」

牠對著我優雅的「喵」一聲。山米．崔立刻有點想哭。這是這麼久以來，牠第一次跟我「說話」！牠是隻混種摺耳貓，有些宮廷貴婦的驕矜，是姨丈的愛貓。浪花舉起前腳想跟牠玩，牠突地一個轉身就跳走，害得浪花只好去軟墊上繼續啃布骨頭。我微笑，一手牽著娃娃的手玩，一手翻著講義，想把之前上過的再

細讀幾次。

恩瑪說我很幸福，還有「淳風」這個中文名字，不像傑克，連中文名都叫「王傑克」。跟她約定一起努力提升中文後，這幾天，我已經看了〈孔明借東風〉、〈桃園三結義〉、〈水滸英雄〉、《西遊記》等故事了，還唸了幾首與三國故事相關的詩文；恩瑪更讓我聽MP4裡的國語歌曲〈老子說〉、〈子曰〉等，挺有趣的。和浪花玩頂鼻球遊戲時，我也嘗試運用修辭法來誇讚牠：「你跳躍起來的身形好美，就像一頭豹！真神氣啊！」牠開懷的吠叫，我更回應：「夠了夠了！已經『如雷貫耳』了！」

我也常讀著講義中的經和詩，在床上讀，在地板讀；搖著娃娃時讀，看美國職棒轉播時也能讀！有一次還因為想搞懂莊子和死對頭好友惠施到底在辯什麼而研究到半夜！突然覺得這一生，從來沒有這麼充實過。

「你真不簡單耶！」坐在河堤馬偕老爺爺的石雕船裡，恩瑪對我崇拜道：「大家一定不會相信！」

我很酷的笑笑，回她：「人不知而不慍，不亦君子乎？」

她笑著搥我，再和我一起背誦陶叔叔淵明的〈歸園田居〉，李才子太白的〈將進酒〉，還有「中國達文西」蘇軾的〈念奴嬌——赤壁懷古〉等等。後來我們發現遊客猛對著我們拍照，才發窘的趕快逃離。

看兩個捧著書的臺灣孩子坐在加拿大傳教士馬偕面前讀李白，應該是挺有聽覺、視覺效果的吧！

然後，再上課時，我一口氣將之前「欠」的都背齊了，雖然還是需要提示，但全班都呆若木雞，教師群更是難以置信。

「太厲害了！」潛水老師搥著掌心表示：「恩瑪說淳風這幾天來非常努力，常讀到半夜呢！讓我想到『焚膏繼晷』這個成語，跟大家分享一下。

「唐代大文學家，也是唐宋八大家之首的韓愈，在〈進學解〉這篇文章裡，藉太學老師訓誨學生的話來譏諷政府不懂得善用人才，也抒發了懷才不遇的失意感。文中提到『焚膏油以繼晷，恆兀兀以窮年』，膏是膏油，指燈燭，古時候，夜晚是燃燒燈燭的；晷則指日影、日光。也就是說，讀書寫作不眠不休，往往一直進行到第二天日光出現，經年都如此勞苦不息。這是一種非常勤奮的讀書

態度，後世也用來形容夜以繼日的勤於工作或從事活動。山米，雖然你不是一年到頭都如此，但這幾天非常有焚膏繼晷的精神呢！才能在短時間內進步神速！」

「恩瑪有幫我忙啦。」我靦腆的搔搔頭，其實浪花也幫了我。

「很好啊！幫忙的人一定也會進步的！」老師笑著看看恩瑪。「同學之間就是要互相幫忙。大家鼓鼓掌！要記得喔，發憤圖強，永遠不嫌晚！」

下課後，毅力老師拿了她批改好的作文一一指導大家，並對我說我進步了好多，但哪裡還可以怎樣加強等等，恩瑪、碧波都為我高興。後來我們三人和大東同學一起挑戰魔術方塊，雖然我很想再玩，但一抬頭見毅力老師指著她寫在白板上的「訂正錯別字詞」，那眼神，是粉紅色的堅持帶寶藍色的鼓勵，我只好回到座位拿出作文紙，開始和一些畫在眉批處的空格子奮戰。恩瑪和碧波也協助我查字典，並在看到我寫的詞語「大『匹』人馬」和「情不自『盡』」後笑得半死。恩瑪糾正我，說是禁不住的禁；碧波還故意消遣我：那匹人馬到底有多大一匹，讓你嚇到想要自盡呢？

「別取笑他啦。」恩瑪說，不愧是我的金蘭之交。「不過，山米，這樣你永遠都不會忘記了吧？」

我也笑了，點頭。還真是難忘，被笑到印象太深刻了，如此的記憶方法也不賴。後來，上了毅力老師充實有趣的作文課，在歡笑聲中學了關於描寫技巧和簡單的修辭；也在寫作課最後一秒交出我的文章，讓老師看著我那篇五百字的「一個惡夢」直微笑，讚我把情境描寫得很好。

心中一股成就感，就這麼油然而生了。

門口傳來東雷的聲音，我走向他時，潛水老師剛好跟他說到「真是兩個乖小孩！會互相幫忙呢！」我覺得不好意思，便走到公布欄前去等恩瑪。公布欄上張貼著上一次作文寫得好或有進步的文章，今天我倆和碧波的都在上面。

「要趕上碧波，還真得『焚膏繼晷』好幾年呀。」恩瑪站到我旁邊說，隨即拉住我轉了一半的身體。「等等，讓他們再聊一會兒。」

我聽了，稍稍回頭，只見東雷和潛水老師正聊到潛水和釣魚，兩人都笑盈盈的，那氣氛真是……

我想到畫紅老師上過的唐朝劉禹錫的〈竹枝詞〉：「東邊日出西邊雨，道是無晴卻有晴。」便和恩瑪相視而笑。

焚膏繼晷

【身世來處】

唐．韓愈〈進學解〉

國子先生晨入太學，招諸生立館下，誨之曰：「業精於勤，荒於嬉。行成於思，毀於隨。……諸生業患不能精，無患有司之不明；行患不能成，無患有司之不公。」言未既，有笑於列者曰：「先生欺余哉！弟子事先生於茲有年矣。先生口不絕吟於六藝之文，手不停披於百家之編；記事者必提其要，纂言者必鉤其元。貪多務得，細大不捐。焚膏油以繼晷，恆兀兀以窮年：先生之於業可謂勤矣。觝排異端，攘斥佛老。補苴罅漏，張皇幽眇。尋墜緒之茫茫，獨旁搜而遠紹。障百川而東之，迴狂瀾

於既倒：先生之於儒，可謂有勞矣。」

【密碼破解】形容夜以繼日的勤奮不怠。

【同類相聚】孜孜不倦、夙夜匪懈、夜以繼日

【異類相背】好逸惡勞、玩歲愒時、飽食終日

大相逕庭

車位太少，大家爭相競停？

分別上完鞦韆老師和畫紅老師教導的詩詞，也吟唱了好幾首，其中，我最有感覺的是唐朝張志和的〈漁歌子〉和南唐李後主的〈虞美人〉，一樣都是古調，唱起來卻有歡樂與悲愁的差異。

「真是大相逕庭喔？連內容也是。」毅力老師聽了我的感覺後說。

又一樁怪事。我是不和老師打交道的，在這裡卻能把他們當朋友看待。

毅力老師將我的感想提出來和同學分享，接著又是一次「機會教育」：

「俗話說，揀日不如撞日，我們就趁機來學一下『大相逕庭』。這是《莊子．逍遙遊》裡的一句，說有個人愛講連篇大話，老是一講就毫無邊際，回不到原來的話題上，讓人害怕聽他說話，因為簡直遠如天上星際、銀河一樣，和一般人

的言論實在差太多了，而且不近情理。『大相逕庭』便出自文中的『大有逕庭』，逕是門外小路的意思；庭則是堂外之地，就是院子。『逕庭』連用，指的便是差異很大。後來只要是形容兩者截然不同，或指雙方的言行、作為相差太大，都可以這麼用。」

原來「逕」和「庭」是外面的小路和我家的院子啊，那當然是有差別嘍！我還以為是車位太少，大家爭相競停的意思。哈，我的想法和原義還真是大相逕庭！而且，除了不再排斥學習經典，我也從未如此期待上作文課，甚至不討厭寫作文了，比起從前，又是一個大相逕庭。

放學時，我們等著阿嬤，老人家說今天要來接我們一起去忠孝東路吃她老友兒子的結婚喜酒，我和恩瑪必須代表走不開的阿姨和姨丈，這樣才不吃虧。但此時，我瞥見高竿又出現在小學堂，找碧波講著話，我刻意經過他們，剛好聽到碧波說：「很遺憾，但我真的沒錢了。」於是忍不住又管了閒事，其實我在美國不會這樣的。

「你幹麼？勒索她啊？」我開口，口氣還很衝。

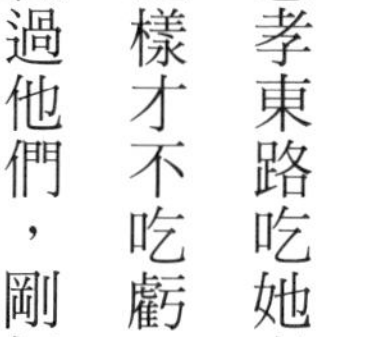

「沒有！」碧波趕緊橫在我們中間。「表哥只是跟我借而已！」

高竿又拿鼻子瞪我。「少管我的事！我今天沒有美國時間理你，你最好閉嘴，最好滾回你的美國去！」

我氣得掄起拳頭就要衝向他，碧波和恩瑪勸阻的聲音又起。說時遲、那時快，潛水老師已經又使了那招「張臂功」分開了我們。真不知她是怎麼辦到的！

畫紅老師走了過來。「你們倆怎這麼容易針鋒相對呢？」

「因為他們的個性和言行大相逕庭啊！」恩瑪竟為我出頭，我有點感動。

「汪咿！汪咿！」

還有牠也為我出頭。我聽到牠的聲音，就笑了。低頭看，只見浪花對著高竿吠一大聲，再擠壓著鼻子發出低沉的怒音，彷彿宣示著：要動山米崔，得先過我這一關！

「啊是怎樣了？三米？」單純的阿嬤則還在五里霧外，「一出電梯，小浪就跳出提袋闖進來了！」

「阿嬤，沒事啦，淳風在等你呢！」畫紅老師笑，接著對高竿說：「你是碧

波的表哥？有事的話，以後跟大人談，或找我談也可以。好嗎？」

高竿未置可否，只摸摸鼻子，悻悻然走了。老師也要我學著控制脾氣。接著，阿嬤說她帶著浪花一路迷路到小學堂，恩瑪忙再跟她解釋一次路線。恩瑪小小年紀，但方向感很好；阿嬤卻有迷路的習慣（也是嗜好），聽說有一次只是搭公車要去淡水渡船頭吃阿給，最後卻輾轉坐到臺北博愛特區的總統府！這兩人還真是「大相逕庭」啊！

「哇！好可愛喔！」周遭突然傳來歡呼聲，只見浪花在幾位圍著牠的同學間雙腳站立，來回走著步，開始「現」起了絕技。

恩瑪也拍手，緊接著喊：「浪花！跳起來！」

浪花聞言，立即表演了原地跳轉的高超本領，再度獲得如雷掌聲。果真名副其實的「Every dog has his day.」啊！（諺語「人人都有成功的機會」，字面直譯為「每隻狗都有得意的一天」）

我看見美麗又有智慧的畫紅老師，在辦公室裡和碧波談著話。一會兒，碧波的爸爸來接她了，她示意大家別提剛發生的事，我們懂，也尊重碧波，畢竟

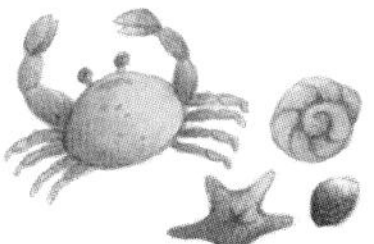

這是她的家務事，高竿也不像會傷害她的樣子。

外面的小路是管不到門裡的院子的，家務事真是一門好大的學問，她家是，我家是，誰家都是啊。

大相逕庭

【身世來處】《莊子．逍遙遊》

肩吾問於連叔曰：「吾聞言於接輿，大而無當，往而不返。吾驚怖其言，猶河漢而無極也。大有逕庭，不近人情焉。」

【密碼破解】比喻兩者差異很大，相距甚遠。

【同類相聚】天差地別、截然不同、大有逕庭

【異類相背】並行不悖、大同小異、不相上下

良辰美景

這不是「漁歌互答，此樂何極」嗎？我肯定被洗腦了！

跟又華媽媽講電話時，我提到自己長大了，會幫阿姨忙，照顧娃娃、清潔起居室和咖啡館，她十分高興；但一說到我學了很多經典，中文愈來愈好，應該快可以解開身世線索信時，她沉默了。

「你一定要相信，山米無論如何不會離開你。」我打包票強調。

她想了想，才說：「嗯，媽咪相信你。」那聲音遠遠的，細細的，最後發出「要乖一點」，隨即沉沒在海的那一端。

離開媽媽好多天了，我很想念她，從沒如此想念過。

聽到阿姨的叫喚，我走進前廳咖啡館。除了阿嬤在哄娃娃睡覺外，大家都忙著打烊工作，連浪花都忙進忙出的。我擦著桌子、排整桌椅，想到從沒幫媽

媽做過家事，真的很不應該。

稍後，環顧室內的圖片展示，我終於問了一直想問的問題：「阿姨，你是馬偕爺爺的大粉絲喔？」

阿姨叫工讀生先回家，清理著咖啡機的同時，回答我：「他可是淡水最有名的人喔！距他登陸淡水已有一百三十七年了。六月二日是淡水的馬偕日，我們每年都會舉辦紀念活動。他一輩子幾乎都奉獻給臺灣了，那時臺灣非常貧窮，老爺爺就一手聖經，一手醫鉗的為大家醫治身體和心理的痛，行醫紀錄是拔了病患兩萬顆以上的牙呢！」

我吞吞口水，舔舔嘴，心想還是不要遇見這位老爺爺好了。

「他在老街那裡的馬偕街開設了診所『滬尾偕醫館』，幫許多人治病，是北臺灣第一所西醫院喔！而隔壁那棟『淡水禮拜堂』，也由他親手設立、後代維修，是北臺灣第一聖會。我們店裡會配合展覽馬偕和淡水文物，還負責向遊客解說。當然，也因為他是我的偶像啦！」

我想那一定代表著很偉大的意義，就我所知，阿姨很少如此崇拜一個人。

「馬偕醫院就是紀念馬偕博士而設立的，到現在，馬偕的醫療系統已經非常龐大了！」阿姨對走過的姨丈笑笑，繼續談論偶像：「他在日記裡有一個對神的盟約，寫著：『我再一次與你立誓，就是痛苦至死，我一生也要在此地——我所選擇的地方，被你差用。願上帝幫助我。』喔！山米，很感人吧！」她像少女一樣將雙手放在臉頰旁，要不是老爺爺已作古，我覺得姨丈的地位非常危險。

「對了，山米，你都還沒去游泳喔？」

我看看正擦著玻璃杯的她，頷首。的確，來了這麼久，我似乎無心思做自己原本愛好的事。

「那怎麼行！你叫海王子耶！我們明天好不容易公休，就去游泳好了。也要邀恩瑪小姐，她可代替我們陪了海王子不少時間呢！」

頃刻，我感覺臉紅了一下，但十分期待明天。好像我現在才想起自己會游泳，而且很會、很愛。我打電話給恩瑪，她立刻答應，還顯得十分開心，因為她爸爸幫她訂好去上海的機票了。我也扯開喉嚨大叫一聲，替她高興！

「我下星期三就在上海了！」隔天，她還是非常興奮。「你知道上海上次看

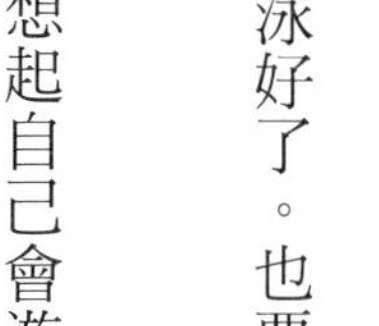

到日全蝕是什麼時候嗎？一五七五年！明朝耶！而下一次要到什麼時候？二三〇九年！就是三百年後！那時我們都已經重新投胎，又死四、五次了！」

恩瑪實在很可愛。連姨丈都稱讚她：「你這麼清楚喔？好像女諸葛啊！」

姨丈開著車，阿嬤抱方向坐前座，阿姨則抱著娃娃、恩瑪抱小吉、我抱著浪花一起在後座熱熱鬧鬧著。基本上，所有的小孩和小狗都又叫又笑，喧騰不已，包括我在內，令人難以想像。

「哇，好熱鬧！這樣真好！」車駛在淡金公路上，姨丈有感而發。「風光宜人，真可謂良辰美景啊！小朋友，知道天下有哪四件事很難同時擁有嗎？」

我和恩瑪齊聲喊：「不知道！」他們也能樂得直笑，大人真奇怪啊！

「就是良辰、美景、賞心、樂事。」姨丈宣布。

我很自然的看向阿姨，她也習慣的對我們解釋：「那位喜愛刻劃大自然之美，與陶淵明並稱『自然派詩人』的謝靈運呀，他曾經說良辰、美景、賞心、樂事，四者難併。也就是美好的時刻、迷人的風景、歡暢的心情、快樂的事情！」

「就像我們現在這樣嘛！」恩瑪抓住已快攀到前座找方向的小吉，大聲說。

「對呀！四者難併，我們都併了！」阿姨補充。「而且王勃在〈滕王閣序〉中又把它提升到『四美具，二難併』。時、景、情、物要巧遇已經不容易了，再加上賢主和賓客，更是難得的聚合！我們也都有耶！」

「耶！」恩瑪將小吉舉起，大喊：「都有耶！」

我也舉起浪花，覺得好開心。車窗外，一邊是陽光迤邐的海面，一邊是藍天遮蓋的山巔，連公路都別有況味，或筆直或蜿蜒，奔放在山海之間。而這幅圖畫裡，有主人、賓客、家親、寵物，歡聚於夏天的今日，一個最燦爛的時光……

我也終於做了我的「樂事」了！在沙灘美麗的北海岸翡翠灣游泳，我如魚得水，從肌理到皮膚，從身體到心靈，無不受到久違的水的慰藉。突然，想到跟我一樣愛水的老子，「天下莫柔弱於水，而攻堅強者莫之能勝」兩句名言，竟立刻浮現腦海裡。我是怎麼了？竟聯想起古人詩文？

我甩甩頭，恣意翻捲成浪裡白條，前衝後撲，好不快活！許久後，當我停下腳，四肢輕飄的休息時，望著遠處大海及沙灘戲水的人潮，竟又聯想起范仲淹寫的湖景：「上下天光，一碧萬頃。沙鷗翔集，錦鱗游泳。」又是怎麼了？

「汪咿！」歡呼聲中，浪花也游來找我了，簡直躍動到極點。「汪咿！」

「小浪好棒！」我把牠舉得高高的，問牠：「開心嗎？有沒有吃到魚？」

牠又「汪咿！」回我，一唱一和。我一驚，這不是「漁歌互答，此樂何極」嗎？啊，啊，啊，我到底怎麼了？

我想，我肯定被洗腦了。

良辰美景

【身世來處】南朝宋．謝靈運〈擬魏太子鄴中集詩序〉

建安末，余時在鄴宮，朝遊夕讌，究歡愉之極，天下良辰美景，賞心樂事，四者難并，今昆弟友朋，二三諸彥，共盡之矣。

【密碼破解】形容美好的時光，宜人的景色。

【同類相聚】美景良辰、良辰媚景、良時美景

【異類相背】愁雲慘霧、新亭對泣、淒風苦雨

美輪美奐

終於了解劉邦入咸陽城後，就想住在阿房宮的心情了。

我肯定被洗腦了，還有別的原因嗎？

浪花熱情的舔我，展現出「此樂何極」的樣子後，再歪斜著頭注視我，好似在說：「不過是懂得欣賞和運用經典文學，有那麼嚴重嗎？」

「對呀！」恩瑪帶我騎單車到碧波家前表示：「我也進步了，這樣其實不錯。我昨天跟叔叔說和你們一起玩得『暢快淋漓』，他聽了都快嚇死了，還不停搖晃我的肩膀問：『你是誰？你把我的恩瑪藏到哪裡去了？』」

我哈哈大笑，東雷還挺寶的嘛！恩瑪提議改天一起研究那封信，我附議後，隨即被眼前碧波的家嚇一跳。這是紅樹林站前的高級大廈，我們經過了警衛確認，才連同單車進了豪華大電梯！今天是碧波生日，她請幾個朋友到她家慶生，還在邀請函上寫明不可以帶禮物和寵物，違反約定的人要當她一個月的僕人，供她「頤指氣使」。那多可怕！我只好跟浪花說抱歉。

「嚇到了吧？」恩瑪笑。「我第一次到她家時，嘴張得都合不起來。」

碧波迎接我們進門後，我立刻在心中喊了一聲：「嘩！」瞧那挑高的格局，令人震撼，加上歐風精緻古典裝潢，十分具有設計感，現代陳設也應有盡有，簡直是寬廣氣派的毫宅嘛！

我們和碧波另五個朋友參觀著豪宅，就像櫻桃小丸子和同學去花輪家一樣，也如《紅樓夢》裡的劉姥姥逛大觀園，一切只能驚嘆再驚嘆！而碧波的生日大餐也不遑多讓，中西料理，一應俱全，蛋糕甚至有三層高！因為實在太享受了，我竟然覺得有點對不起浪花。

碧波的爸媽親切招呼大家，說我們都是碧波的好朋友，謝謝我們照顧她。我聽了心虛，我應該是沾恩瑪的光的！

「真的啊？恩瑪明天就要去上海看日全食啦？」碧波的爸爸對恩瑪說。「那你是專家嘍？好多的『追日族』和天文學家、地球科學老師都往那些地方去了，

是百年難得一見、不可多得的研究機會！」

「臺灣可以清楚看到日偏食喔！公視還會全程轉播。」一個男生接話。

「偏食？很好，我們碧波也是偏食族呢。」波爸失笑說：「不管日偏食還是月偏食，她都愛。青椒不吃、苦瓜不吃、羊肉不吃，連紫色的食物都不吃，有誰比她更愛偏食的啊？」

「爸！」碧波噘嘴叫著。

大家為波爸的雙關語笑彎了腰，難怪碧波長得這般嬌小，原來喜歡「日偏食」。不久，我藉機問了碧波牆壁上的匾額「美輪美奐」。

「你真的變了！」她驚訝道，隨即家常便飯的解釋起：「『輪』是形容高大的樣子；『奐』則是文彩鮮明的樣子。這成語出自《禮記》，說有個官員新居落成，很多同事都去參加落成大典。其中一名官員嘆道：『這房子多麼高大壯觀啊！裝潢又是多麼華麗鮮明啊！從今以後，主人就要在這屋子裡奏樂祭祀，也在這裡守喪哭泣、和宗族聚會宴飲了。』主人回答：『能夠在這裡祭祀、居喪、與宗族聚會，表示我將來得以善終，會和先人們合葬於九原！』所以，『美輪美奐』就

從這裡演變而出，普遍用來形容房屋的規模高偉、裝飾華麗。」

「就知道你會。」我點頭。「謝啦！」

「老師說過的啦！」她呵呵笑。「其實那位賓客表面上稱讚屋宇高大豪華，實際上意在提醒主人不要太過奢華，要適可而止。但用到現代，祝賀人家新居落成也都會送這四個字。和金碧輝煌的意思差不多啦！」

我終於了解劉邦入咸陽城後，見識到阿房宮的金碧輝煌，就想住在那裡的心情了。只是，碧波家再怎麼美輪美奐，我還是會想念「陽光海咖啡屋」那樸素但有品味的蝸居，可能是因為裡面的人吧，還有我親愛的浪花。

離開碧波家，我們牽了單車走下紅磚道，突然見到高竿在側門探頭探腦的，很是鬼祟，但我們實在管不著。回到家，帶上浪花，便由恩瑪領著逛淡水，我看到真理大學大教堂，也覺得它真是美輪美奐。

淡水不愧是臺灣早期最西化的地方，除了鄞山寺、福佑宮等傳統建築，我們不管怎麼騎，總能輕易就經過一處洋風古蹟，像紅毛城、滬尾砲臺、英國領事館、理學堂大書院等；我很喜歡小白宮的雅靜脫俗，也在馬偕街見到了阿姨

說的「滬尾偕醫館」和「淡水禮拜堂」，那是淡藍色的古樸木建築和彩色玻璃紅磚瓦的老教堂。於復古石板路上遙想當年的馬偕老爺爺，更見識了從宗教、醫事到學校，無處不充滿馬偕身影的淡水，真是獨出於臺灣其他鄉市鎮。

「難怪馬偕爺爺能成為阿姨的偶像！」我對菜籃裡的浪花說。

牠立即回了聲「汪咿！」然後在我們騎進淡江中學裡尋更多古蹟時，手扶在菜籃邊緣上，激動的站了起來。

「不可以！小浪坐下！危險！」我喊道。人群，人群總能讓愛現的牠情緒沸騰，見到來來往往活動的學生和遊客，牠怎能坐得住？我只好使出「殺手鐧」，對牠喊：「誰要洗澡？誰要罰站？」

像緊箍咒發威一樣，牠馬上坐了下來。的確如阿姨所說，人人都有死穴。

我們稍後在馬偕墓園內休息，恩瑪說馬偕夫妻和兒子夫婦都長眠於此，淡江中學還是他兒子偕叡廉創立的，要說誰愛臺灣啊，他們就是！

踏著輪圈往家裡騎時，望見不遠處高竿釣魚的身形，雖然他自號「高竿小釣手」，但我不喜歡他，浪花也不愛，還對著牠發出低低的吼音。

當我跟阿姨說幾乎跟馬偕老爺爺相處了三小時，她竟激動的擁抱了我！我心中湧起特別的感覺。半晌，她擦擦我的汗水，自己梳整一下，才去到咖啡館大廳，將自己「奉獻」在馬偕老爺爺的展覽解說裡。

美輪美奐

【身世來處】

《禮記．檀弓下》

晉獻文子成室，晉大夫發焉。張老曰：「美哉輪焉！美哉奐焉！歌於斯，哭於斯，聚國族於斯。」文子曰：「武也，得歌於斯，哭於斯，聚國族於斯，是全要領以從先大夫於九京也。」

【密碼破解】

指房屋氣勢宏偉、裝飾華美，可用以祝賀新居落成，亦廣泛形容建築物的富麗堂皇。

【同類相聚】

金碧輝煌、富麗堂皇、竹苞松茂

【異類相背】

家徒四壁、環堵蕭然、蓬門蓽戶

第三章

改變及焠鍊

不寒而慄

被關在鬼屋裡，夏天竟是這般寒冷。

今天早上是全世界為本世紀歷時最長的日全食瘋狂的日子。臺灣剛巧位於偏食帶上，可以看見月亮偷天換日、把太陽變成弦月的奇景（其實是太陽被月球陰影遮蓋形成了缺角）。恩瑪將她的護目鏡送給我看日偏食，但我必須上課，就等觀賞電視的報導好了。據科學家推算，臺灣要看到日全食天文奇景，是二〇七〇年，我都快七十五歲時。

早上，臺灣沒有天昏地暗，但因太陽被遮住，我在學堂都可以感受到溫度下降，涼爽了一點。恩瑪在上海，不知道有沒有見識到白天瞬間變成黑暗的景觀？同時，看見星星了嗎？我覺得今天的太陽很幸福，大約有一億人同時注視它耶！

放學回家吃過午餐後，偷偷餵了一只過過開水的雞腿給浪花，倘若人人都有死穴，我的死穴目前應該就是牠。我跟牠說今天是「天狗食日」的日子，所以可以加菜。然後，我留牠看家，必須去游泳池游泳了。經過翡翠灣那天後，我發覺自己又找回一隻魚的感覺，已不能離水太久。

在游了兩千公尺之後，心靈深處才勉強有了飽足感。踏著夕陽而歸，我忽然覺得海那邊的天空好美，便沒有過馬路回家，反而加快了速度，往沙崙海灘騎去。

但一讓單車躺下沙灘，我就後悔了。因為神出鬼沒的高竿又出現在我身旁！

「你跟蹤我嗎？」他沒好氣的問。

誰會這麼自找麻煩？但我沒說話，我一點都不想跟他說話。

「神氣什麼？」他提起釣竿戳我，很是挑釁。「『遜咖』，今天沒人幫你了吧？」

一股怒意驅使我拉過他的釣竿，用力甩在前方的沙地上，還嚇得一些小沙蟹躲進了洞裡。他頓時臉色大變，五官猙獰了起來，舉起拳頭就撲向我。

第六感告訴我快逃，他應該瘋了，釣竿可能是他的死穴吧！我使勁跑著，他緊追在後，還鬼吼鬼叫。我愈跑愈遠，有快到天涯海角的感覺，然後一個轉身，躲進海灘上一間小小倉庫裡。一會兒，沒有聽到他的吼喊或腳步聲，我頓覺不妙，想開門出去時，門已被鎖上了。

「再躲啊。」他在倉庫外冷笑一聲：「這是鬼屋，你進得去，出不來。等著被鬼吃吧！我會通知你阿姨來收屍！」

接下來，靜無聲息，我感到雞皮疙瘩都立起來了，不覺想到溫柔的玉瓷老師稍早講的「不寒而慄」的故事。話說西漢有一個酷吏，以執法嚴峻、不講情面與十分主觀聞名。有一次，他將牢中的兩百多名囚犯全數改判為死刑，又把曾經前去探監的親友統統抓起來，認為他們涉嫌意圖替這些犯人脫罪，必須一律處死。就這樣，他在一天內處死了四百多人，導致即使天氣並不寒冷，人民竟都害怕得發抖了！「不寒而慄」就從這裡演變而出，形容人的內心恐懼至極。

天啊，都什麼關頭了，還想這個！我咒罵自己，但又覺得這四個字把那種恐懼感形容得恰到好處。尤其，目前寂靜無聲，只有海浪對我的嘲笑此起彼落

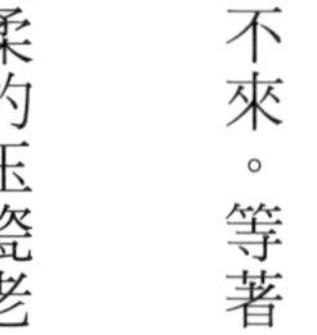

著，孤單更使人害怕啊。

我受不了了，便敲起門呼喊：「開門！讓我出去！」

依舊沒有聲音，我從窄小的窗戶望出去，海灘上也沒人，這一帶比較荒涼。夜色漸漸降臨，我就著月光，在鬼屋裡摸索，想找辦法出這個門。但門被刻意用木棍拴上了，我怎麼都弄不開，也沒帶手機，一想到得在這裡過夜，直到有人發現，就真的令我感到不寒而慄！

就在我不知如何是好，只能狂敲著木門時，鬼使神差的，浪花的吠叫聲響起。啊，我的好兄弟啊！牠怎麼知道我在這裡？正當我高興的衝到小窗前跟牠講話，還喊「浪花！跳起來！」想讓牠衝掉卡在門上的棍棒時，竟聽到高竿出聲罵我：「跟狗說話！你們這些神經病！」然後，再親眼見他踢了浪花一腳，讓牠痛得大叫！

「太過分了！」我大吼：「你幹麼踢牠？有種就開門直接對付我！」

「別想！你就在裡面過夜、好好作夢吧！讓鬼去對付你！再見！」

我氣到發抖，又心繫浪花的傷勢，便發了瘋似使勁對門又撞又拉的。一會

兒，一個聲音落下，原來浪花靠著衝跳，把棍子跳掉了！門一開，我趕緊摸摸牠，覺得牠應該沒事後，便拔腿直追，並對前方一條人影吼道：「你死定了！別讓我追到！」

浪花甩著兩條彩辮跑在我身邊，吠叫著，看來牠也氣到極點！我一直跑到腳踏車停躺的沙地，立刻用盡全力踩騎。

背著釣竿的高竿跑在前面不遠處，見後有追兵，只能奮力向前邁著步伐。

不寒而慄

【身世來處】

漢．司馬遷《史記．卷一二二．酷吏列傳．義縱》

義縱自河內遷為南陽太守，聞寧成家居南陽，及縱至關，寧成側行送迎，然縱氣盛，弗為禮。至郡，遂案寧氏，盡破碎其家。成坐有罪，及孔、暴之屬皆犇亡，南陽吏民重足一跡。而平氏朱彊、杜衍、杜周為縱牙爪之吏，任用，遷為廷史。軍數出定

襄，定襄吏民亂敗，於是徙縱為定襄太守。縱至，掩定襄獄中重罪輕繫二百餘人，及賓客昆弟私入相視亦二百餘人。縱一捕鞠，曰「為死罪解脫」。是日皆報殺四百餘人。其後郡中不寒而栗，猾民佐吏為治。

【密碼破解】形容人的內心感受極深、震撼極大，或恐懼不已。

【同類相聚】毛骨悚然、膽戰心驚、心驚膽跳

【異類相背】無所畏懼、面不改色、從容自若

息事寧人

牠垂頭喪氣的舉起兩隻前腳，搭在牆上，站著未敢亂動。

狂奔中的高竿偶爾回頭，見我氣勢如虹，臉上出現驚慌的表情，只能拚命跑。很好，會怕就好。我心想，也要讓你嘗嘗「不寒而慄」的感覺！再說，正義之前，「寧為玉碎，不為瓦全」！

我們就這樣追逐到老街，地上的浪花對他吼吠，眼看就要追上他了，我掄起左拳預備攻擊。不料，他竟突然停下，害我無法剎車完全，人跌了下來，腳踏車則繼續往前衝。

「可惡！」我爬起來，怒不可遏的朝他揍了一拳，他一閃，正中右肩，也和我扭打，互不相讓。

頃刻，路人的尖叫聲緊隨著「匡噹」聲響起。一看，單車已衝撞上一家玩具

藝品店的玻璃門，把玻璃撞裂；再彈到一旁小攤才停下，攤上玩偶擺飾已淒慘的或破或倒。我瞪著眼前的罪魁禍首，對著他就要再打，路人見狀，分別拉開我們，但無法阻止兩頭獅子怒目相向。

「山米！冷靜一點！」東雷出現，驚訝的看著我。「冷靜！」

在商家、遊客、路人七嘴八舌之時，東雷打了電話。高竿趁機轉身要逃，我抓住時間把他壓在地上，但又被人群拉開，隨即承接傾巢而出的責備。眼看受害商家就要報警，東雷拜託他們別那麼做，並保證一定會負責。就在大家讓出馬路，在人行道上討論起責任歸屬和賠償金額之際，阿姨趕到了。

該怎麼形容這位行事風格非常特別的女性呢？就算到今天，我還是極為震撼。她看了眼玻璃窗、小攤和倒地的單車，再看看我，便向老闆賠不是、詢問有沒有人受傷等；接著送上名片和一個紅包，說是壓驚的，等全新玻璃的修護工程估好價後，加上碎裂商品，全數照賠，並會附加因施工造成不便的慰問金。

全程和善溫柔、乾脆俐落，每個人都無話可說。

接下來，她竟問還在地上的高竿有沒有怎樣，高竿又驚又愣的搖頭，她才

叫我們向老闆道歉，再叫高竿立刻回家；然後，請東雷幫忙把龍頭已歪掉、輪圈也扭曲了的單車運回咖啡館。東雷要我們一起上他的休旅車，她說想走路，便頭也不回的轉身開始步行。我對東雷點點頭，快步趕上她，浪花也乖乖跟著。

一路上，小安阿姨沒有罵我，甚至不看我、不說一句話。這讓我更難過，覺得一頓淋頭好罵勝於無語、冷意、死心。也就是從那時起，我了解到，她就是我的生母。

只有母親才會這樣對孩子，不是嗎？為了教育他、教訓他。

「對不起。」海風吹來，我硬著頭皮表示，這時真羨慕浪花不會說話。

她依然默不作聲，我只好敘述起事情的來龍去脈，並回溯到之前高竿老愛找我麻煩的行徑。她望著遠方淡水河出海口白亮亮的燈火，眼睛閃過一絲淚光。

「阿姨！」我急得拉住她的手。她揩揩眼角，繼續走，但終於說話了。

「沒事，我只是最近累壞了，所以比較脆弱……」她揉揉鼻子。「阿姨了解，如果怪你，你會覺得很委屈，因為你不是挑弄的那一方。但，難道你不懂凡事要三思而後行，要息事寧人嗎？」

她的眼眸流露出的，盡是失望。不知道這算不算「玉碎」，只明白，我身上的確有個地方碎掉了。

「對不起，我……」我像個剛學會說話的孩子。「我以後會……三思而後行的，會惜事，擰……擰什麼……」

見我又拗口搞烏龍，她忍不住笑了。我覺得很糗，但還算是美麗的錯誤。低頭看看浪花，牠也正露出一排牙齒對我笑。

「平息的息，安寧的寧。」踏著步伐，阿姨緩緩說著，夜風習習，十分安適。「漢朝的『明章之治』，社會非常安定詳和。其中，漢章帝為人寬厚，不施酷刑，還明令所有官員，如果人民不是犯了必須斬首那種重罪，就不要干擾、查驗他們；官員之間若互相告發、攻訐，則一律不受理。因為為政應以不擾民為重點，要懂得『息事寧人』。而原意指為政不生事擾民的『息事寧人』，演變到後來，也可以用來指平息紛爭，使彼此安和相處。」

「喔。懂了。」我乖乖點頭稱是。

「一個社會裡，如果人人都要強爭那口氣，會有多亂？一些小事，就算吃虧

了，也別放在心上，當作經驗就好；而就算你有理，也要懂得網開一面，不要得理不饒人或以暴制暴，那循環下去沒完沒了，只有反效果而已。還有，硬碰硬是很不聰明的，你要用腦、用心去想。」

瞬間，老子的「柔可以克剛」、「水善利萬物而不爭」浮現在我眼簾！阿姨就是這樣的人啊！以柔克剛，而且聰慧、冷靜、有主見！

沒多久，進了咖啡館，我就被滿室的客人嚇到。姨丈在吧臺裡滿頭大汗，工讀生們馬不停蹄，連阿嬤都勞累不堪。而已精疲力竭的阿姨，洗過手後仍立即投入戰場。我很內疚，店裡忙成這樣，山米崔還一直找麻煩！

「小浪！」阿姨突然叫住正要走進後屋的浪花，對牠使了個眼色。

沒想到，浪花竟垂頭喪氣的，踩起沉重的步伐。我跟進屋，正好瞧見牠舉起兩隻前腳，搭在起居室的一面牆上，立著未敢亂動。

牠在罰站！我訝異極了。這隻狗在罰站！天啊，牠根本是一個「人」！

息事寧人

【身世來處】《後漢書・卷三・肅宗孝章帝紀》

詔三公曰：「方春生養，萬物莩甲，宜助萌陽，以育時物。其令有司，罪非殊死且勿案驗，及吏人條書相告不得聽受，冀以息事寧人，敬奉天氣。立秋如故。夫俗吏矯飾外貌，似是而非，揆之人事則悅耳，論之陰陽則傷化，朕甚饜之，甚苦之。安靜之吏，悃愊無華，日計不足，月計有餘。

【密碼破解】原指為政不生事擾民，後多形容平息紛爭，以使彼此和平相處。

【同類相聚】省事寧人、排難解紛、相安無事

【異類相背】惹事生非、無事生非、煽風點火

一觸即發

場面十分危險，她表情閃亮的看著我，剎那間——

浪花根本就是一個人，正確的說，是一個孩子。

一個有舔腳底板怪癖，常舔到腳底腫脹的孩子；一個愛玩、愛笑、會思考，不必上學校的孩子。但非常聽牠媽咪的話，只要媽咪一句「誰在吃腳？」牠就會乖乖「住嘴」，停止這種無法自拔的享受。

面對浪花乖巧受罰，我也心甘情願的幫忙做了好多事，我想，這樣比較有貢獻，比較能補償，也比較能表現出悔改的誠意吧。

做完打烊工作，阿姨還叫我去謝謝浪花，因為牠救了我，並且挨了一腳。原來傍晚浪花突然衝出門，阿姨覺得奇怪，牠從未如此，可能是聞到我騎經家門的味道吧。後來牠一路找到我，才能救了我。

「沒有浪花的話，山米今晚就要在鬼屋裡過夜了，然後我們一堆人和警察，就會在外面一直找一直找……」姨丈扛著兩大袋咖啡豆笑著說。

我抱起浪花，向牠致謝，牠搖著尾巴「汪咿」回應我。「嘿，你鼻子真靈耶！」我緊抱著牠，心裡說的是：「還與我並肩奮戰，好哥兒們！」

隔天上課時，潛水老師講了「一觸即發」的故事。

「明代有位著名的文學家兼戲曲家李開先，在當了十幾年官後，返鄉從事文學寫作。他本有間名為『面山』的屋子，一位友人建議何不改叫『原性』，他一聽，悲傷的想起和前輩朋友張龍湖論述理學的往事，且〈原命〉、〈原性〉二文皆是張託付他傳世的著作，於是，便歡喜的把屋子改為『原性堂』了。他在一篇文章裡提及，會改屋名是自己內心存有的『原性』之念，但一被客人的話觸動，立即有所感發了。原文是『觸而即發』，多用於感情方面，後來演變為『一觸即發』，轉用來比喻十分緊張或危險的場面。」

午茶時間，我吃力的背誦孟子關於「仁義禮智」的論點，潛水老師邊指點我，邊說：「還好吧？昨天你和高竿在淡水老街真是劍拔弩張、一觸即發。」

我本思考著「一觸即發」的原意和今義，後來腦筋一轉，便問：「老師怎麼知道？你如果不是在現場，就是有專門的管道提供消息，無論哪一種，都和我們東雷有關吧？」

她頓時無言，臉頰泛紅。鞦韆老師在一旁聽了，掩嘴偷笑，但仍提詞：「仁義禮智，非由——」

「非由外鑠我也，我固有之也，弗思耳矣。」我竟無意識的背了出來。「故曰，求則得之，舍則失之。」

「很厲害嘛！」潛水老師笑。

不知她指的是背誦，還是我的推理？我邊吃點心，邊思考昨天的行為，還挺像「舍則失之」的，自己捨棄本來擁有的仁義禮智，就真的失去仁義禮智了。我默默思索著，還留下兩片餅乾用衛生紙包起來，準備帶回家給浪花吃。這時，愛豬老師遞給我另一包，說：「拿去，這是恩瑪的，她一定不會介意請浪花吃。」

我道謝後，開心的收起來。稍後在毅力老師描述「事件」的作文訓練上，我寫了洋洋灑灑七百字的〈山米崔懺悔記〉，連「息事寧人」等教誨都用進去，打算

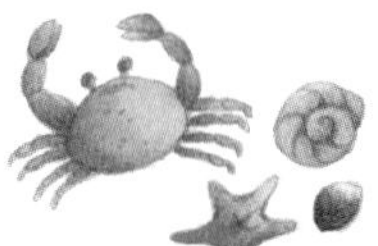

老師批改完後，回家獻給小安阿姨。我想，不管她是不是我媽，都該這麼做。

不久，東雷和恩瑪竟然出現了。他說去機場接恩瑪，順便就來接我一起回淡水，但我看他明明和潛水老師在眼神之間傳遞著什麼，喔，眉目傳情、眉來眼去，可謂「一觸即發」啊！而且快一發不可收拾了。

「山米！你有沒有看日偏食？」從上海回來的恩瑪雀躍的拉著我，只有這個小女生不知道她的叔叔已經墜入愛河。

「我看到兩次鑽石環（Diamond ring）和貝利珠（Baily's beads）耶！像鑽戒和珍珠項鍊一樣，好漂亮呀！」她說著我在電視新聞中也見過的日全食耀眼階段，「天氣預報說上海會下雨，我爸就在清晨五點載我到杭州去了，總算讓我看到完整的日全食過程！」

「哇，只為了那六、七分鐘，來回交通卻花掉六個多小時，還陪你那麼久，你爸挺愛你的嘛！」

她呵呵笑起來，對長期與父親分隔兩地應該較能釋懷了。她表情十分閃亮的看著我，剎那間，我覺得我們好像也將「一觸即發」了。

一觸即發

【身世來處】

明・李開先〈原性堂記〉

近城園有一堂，已名之曰「面山」矣。客有過而謂予，何不改稱「原性」。乃愴然有感於前事，而欣然即易其舊名。予方有意，觸而即發，不知客何所見，適投其機乎？

【密碼破解】

原指一經人事物的觸動，內心即有所感應，後用以形容極為緊張的情勢或危險時刻。

【同類相聚】

劍拔弩張、箭在弦上

【異類相背】

安適如常、相安無事

所向披靡

浪花浪花！出神入化！小吉小吉！所向無敵！

「怎麼可能！」我甩甩頭上的水，在泳池裡再游了四百公尺。

嚴格來說，恩瑪才讀完五年級，我待她就像個小妹妹，如此而已。是啊！不然會是什麼？我告訴自己，飯可以亂吃，成語可不要亂用。

恩瑪說小吉一直頂球，很想玩，該來場「鼻球大戰」了。她邀了碧波及潛水老師，我則請愛豬老師和她的好朋友鰍鱺老師，一起在週一下午到沙崙為「第二屆罐頭盃海灘鼻球大賽」加油。

很會畫畫的鰍鱺老師還製作了海報替大家打氣，剛從數學營趕到的碧波也難得的手舞足蹈。

小吉和花貓八爪是浪花的球友，全身黑的九陰則是八爪還沒被東雷收養時認識的貓，聽恩瑪說，牠的指甲功很厲害！而「天涯流浪客——漂撇的子彈」一出現，立即引起歡呼，看來東雷、浪花他們都認識牠；甚至，當一隻黃金獵犬金髮飄揚的來到會場時，浪花立刻狂奔歡迎，貓狗都叫跳著，連恩瑪都像看見失聯已久的親人一般。

「海霸小姐——恩瑪好想你啊——」

海霸的主人阿強到海灘傘下和阿姨握手寒暄，也對東雷頷首致意。原來他們之前也住附近，去了高雄快一年，昨天才忽然覺得該回老家看看。

動物間一定存在什麼聯絡機制，不然怎能好像彼此打了電話就全數到齊一樣？恩瑪很懂我在想什麼，回說：「我家八爪是貓狗界情報頭子，還是女管家喔，小吉就被她管得死死的。」

我聽了大笑，潛水、愛豬和鞦韆老師也驚異的笑了起來。接著，我在體型碩大的海霸痴情凝望小小的浪花時，又想到「一觸即發」四字了，這……

「海霸一直愛著浪花。」恩瑪解釋，隨後頑皮的挑了眉。

我對浪花的情史非常有興趣，但接近黃昏了，比賽即將開始，得替大家穿

背心。加上兩隻也會玩鼻球的一貓一狗，共分成了「浪花八爪小吉海霸隊」和「子彈九陰蝙蝠火箭隊」，後者光是隊名就令人生畏！

稍早，我們已用樹枝、石頭圈圍出比賽場地，四個旗門也插好，各由東雷、阿強、阿姨和蝙蝠的主人保哥在場外守著，並評斷得分與撿球。三位老師和我都是首次觀賞，接下來只能當啦啦隊；碧波是記分員，恩瑪則是總裁判長兼啦啦隊長。兩隊貓狗們，只要把球弄進任何旗門就得一分，最終統計總分；十五分鐘算一場，三戰兩勝。

大會設有「得分王」，射進最多球的可以獨得獎品一份，冠軍隊伍則有大獎。

「預備——起！」恩瑪用力吹了哨子，比賽正式開始。

八隻狗狗貓貓於是就著鼻球玩將起來，啦啦隊和守門員也不停喊叫著。動物玩心重，不是很懂戰術或彼此傳球，盡情享受奔跑、踢球、用鼻子頂球就是了！如果樹枝被滾倒或球出了界，裁判就喊暫停，重新丟球。所以，要讓球進旗門，得靠一點運氣。

我果然見識了浪花的本事。牠的造型已經很炫，卻還有思想力和行動力，

牠吠了一聲，像傳達了什麼話，海霸立刻將球踢給正在南邊旗門附近的牠，牠彈簧腿立即一掃，球進！

「耶——」大家歡呼起來。真帥呀！我好高興，南門後的阿姨更是開心，生了小寶寶後，她很少有機會好好放鬆，尤其又加上我這個大麻煩。

緊接著，子彈快速的閃過八爪、浪花，「一條鞭」的帶著球直入保哥的北門。眾人又是歡叫，覺得牠果如其名：快似子彈！

輪到火箭怪貓發威，牠橫衝直撞，嚇倒了海霸，一顆球正中小吉後反彈回來，火箭起腳就是一踢，進東門！東雷喊得分，觀眾亦予以掌聲鼓勵。小吉最是可愛，沒啥球技，但很享受胡踢瞎頂，竟也胡亂進了一分！大家笑彎了腰，恩瑪還帶頭喊：「小吉小吉！所向無敵！」

經過一陣混戰，兩邊都沒再進分。恩瑪喊時間到，二比二平手，進行第二場。圍觀人群愈來愈多了，大有取代樹枝石頭之勢。浪花和八爪聯手再下一城，但敏捷十足的子彈又靠單打獨鬥拿分；時間快到時，小吉進一球，卻被保哥評定不算；接著蝙蝠一顆踢過頭的飛球讓浪花漂亮攔截了下來，再定住，瞬間往

西門阿強那裡送——

「耶——得分！」又一個歡聲雷動。二比一了！

「浪花浪花！出神入化！」啦啦隊齊聲喊著。像孩子般跳著的鞦韆老師說，這些詞都是恩瑪想的。包括「火箭火箭，快如閃電！」「蝙蝠蝙蝠！勢如破竹！」「八爪八爪！心強手辣！」「九陰九陰！快手斷金！」「子彈子彈！超級震撼！」

比賽很快進行到第三場，海霸坐在西門前不遠處，看著火箭亂衝所踢到的球滾到牠腳邊，阿強大聲喊：「踢過來！寶貝！」小姐這才想起什麼似的，緩緩提起腳，再輕輕一推——

「耶——海霸海霸！溫柔轟炸！」

我也忍不住跳起來，揮舞毛巾為牠優雅的一擊而歡呼。蝙蝠這下急了，也開始和火箭一樣橫衝直撞。子彈似乎看不下去，趕忙穩住陣腳，傳球給九陰，牠的貓腿奮力一掃，球越過小吉，應聲進了保哥的旗門！這時，八爪好像跟浪花說了什麼，只見浪花疾奔向海霸，再接獲八爪對角線妙傳，拿優雅坐著不動的海霸作阻擋，接著，射門得分！

二比一！我的心沸騰著！時間將要結束，浪花隊只要做好防守就能贏了。就在此時，浪花盯著空中被子彈踢起的球，準備……

「浪花！跳起來！」

喊出聲的竟是我！像一種習慣似的，浪花縱身一躍，比九陰先頂到球，再閃過牠的指甲功，一落地，即用鼻子把球往最近的旗門方向頂，然後在哨音響起前，快速將球踢進阿姨守護的門！

「耶——」阿姨尖聲喊，看熱鬧的人也齊聲歡呼！

「『浪花八爪小吉海霸隊』獲勝！」恩瑪快意宣布：「浪花再度奪得『得分王』寶座！」

浪花在人群中被抱來抱去，大家都說比賽太精采了！鞦韆老師更是大讚浪花每戰皆捷，簡直所向披靡！並在我們走回咖啡館的路上，解釋「披」是分散，「靡」是順勢倒下的意思。《史記》中記載，項羽被人多勢眾的劉邦漢軍困於垓下、四面楚歌時，卻仍率兵八百，突圍而出！因他武藝高強，擅於調兵遣將，於是每到一個地方，漢軍都被攻得潰不成軍，紛紛散逃。「所向披靡」就從這裡演變

而出，比喻力量強大，所到之處，對手皆紛紛潰散敗逃。

「嘿！你真是身手不凡！」我摸摸鞦韆老師懷中的浪花的髮辮，感受仍喘著氣的牠對鼻球無窮無盡的熱愛。

恩瑪和碧波也高興到了極點，不停眉開眼笑喊：「浪花浪花！出神入化！小吉小吉！所向無敵！」

一行人像選舉造勢或和平遊行般，引人側目的回到「陽光海」咖啡館。

所向披靡

【身世來處】

漢．司馬遷《史記．卷七．項羽本紀》

項王至陰陵，迷失道，問一田父，田父紿曰「左」。左，乃陷大澤中。以故漢追及之。項王乃復引兵而東，至東城，乃有二十八騎。漢騎追者數千人。項王自度不得脫。謂其騎曰：「吾起兵至今八歲矣，身七十餘戰，所當者破，所擊者服，未嘗敗北，

遂霸有天下。然今卒困於此，此天之亡我，非戰之罪也。今日固決死，願為諸君快戰，必三勝之，為諸君潰圍，斬將，刈旗，令諸君知天亡我，非戰之罪也。」乃分其騎以為四隊，四嚮。漢軍圍之數重。項王謂其騎曰：「吾為公取彼一將。」令四面騎馳下，期山東為三處。於是項王大呼馳下，漢軍皆披靡，遂斬漢一將。是時，赤泉侯為騎將，追項王，項王瞋目而叱之，赤泉侯人馬俱驚，辟易數里與其騎會為三處。漢軍不知項王所在，乃分軍為三，復圍之。項王乃馳，復斬漢一都尉，殺數十百人，復聚其騎，亡其兩騎耳。乃謂其騎曰：「何如？」騎皆伏曰：「如大王言。」

【密碼破解】 形容兵力所到之處，敵人紛紛潰散敗逃。

【同類相聚】 所向無敵、勢如破竹、無堅不摧

【異類相背】 節節敗退、潰不成軍、三戰三北

狗尾續貂

聽到「貂不足，狗尾續」，牠竟然悄悄垂下尾巴，收了起來！

「第二屆罐頭盃海灘鼻球大賽」再度為浪花贏得豐富的獎品和人氣。比賽結束時，大會主席李依安（小安阿姨）特地頒發精神獎——貓狗餅乾——給「子彈隊」成員，而「浪花隊」則各獲一大箱營養美味貓狗罐頭。阿姨還邀大人們到咖啡館喝咖啡、賞最晚時分的夕陽。小孩和貓狗們在後屋和花園裡玩，整間房子裡，熙來攘往的，說說笑笑的，又是一個「良辰美景」呀！不，應該是阿姨引述王勃「四美具，二難併」的景況，即良辰、美景、賞心、樂事、主人與賓客皆齊！

我和恩瑪、碧波坐在連接後院的木地板上，高興的唱歌、跳舞，以慶祝這一刻的勝利和樂，連海霸、小吉跟浪花都開心的吠叫、對話著。等一下！我講

了什麼？天啊，是信中的一句！「以歌聲、舞蹈來慶祝太平和樂」，這……我的腦海轟隆響起大雷，出了會兒神，但隨即被恩瑪說要送浪花一個特別獎給拉了回來。

「這是戰士項圈，很輕。我準備給今年的得分王的。」恩瑪為浪花戴上，牠直搖尾巴，開心的舔她。「禮成。來，握手！」浪花立刻伸出前腳讓她握握。

太有趣了！在碧波口哼舒伯特的〈軍隊進行曲〉頒獎音樂中，我謝謝恩瑪，並轉身去到書桌抽屜，取下裝連隨身碟的布頸鍊，套在八爪脖子上。

「牠可是助攻王！也賜頸鍊一串。」我像個國王般宣布：「再加封女爵，賜淡堤大道皇地一畝！」

兩個女生竟然鼓起掌來，碧波繼續哼〈軍隊進行曲〉，也助長我不斷「海派」的賞賜：「小浪！從陽光海到沙崙海灘那一大塊地，都是你的了！你以後就是『浪花大公』！」

我不得不承認，這種「給予」真會帶來很大的快感和歡樂，方向貓雖然一副非常不屑的樣子，仍在一旁觀禮。鼓譟聲中，我又去找了條童軍繩，打了個漂

亮的繩結，為乖乖坐著的海霸套上。「你像籃球隊的最佳中鋒，今後也是另一個女侯爵！封你……嗯，老街到捷運站那塊精華地！」

「耶——」恩瑪歡呼。「海霸！你發了！最好快點搬回來喔！」

這時浪花突然踩著小碎步，「嗚咿」的叫，還望著小吉，我立即明白。但沒頸鍊了，我瞥見地上一圈專繫外帶食物那種紅色尼龍繩圈，馬上拿了來套住小吉。「好！據『浪花大公』提報，你也很棒，殺敵從不膽怯！就晉封你為伯爵，稱『小吉大伯』，啊，不好聽，還是『小吉子爵』比較適合。封『小吉子爵』……嗯，北新大道！」

「哇！那好大一塊呀！」恩瑪拍手，「小吉，以後你有得巡視嘍！」

大家哈哈笑，實在太痛快了！頓時，後方傳來笑聲，原來愛豬和鞦韆老師已笑倒在地，鞦韆老師還誇張的拍著地板。我感到十分不好意思，臉紅了起來。

「太可愛了！好像『狗尾續貂』喔！」鞦韆老師坐正身子。「跟你們講，那個說『何不食肉糜？』在飢民沒飯吃時，竟問他們為何不用碎肉煮成粥來吃的晉惠帝，因為昏庸無能、朝政敗壞，使得趙王司馬倫率兵入宮，廢掉了惠帝，自行稱帝。

司馬倫緊接著大封黨羽，只要是參與篡位的人，不論身分，一律加官晉爵。那時的官帽都用珍貴的貂尾來裝飾，但因他濫封官爵，以致貂尾不夠用，一時也找不到更多的，只好以狗尾巴來代替，所以當時流行一句話諷刺他們：『貂不足，狗尾續』。」

天下奇觀，我們竟看到浪花悄悄垂下尾巴，收了起來！大夥兒又是一陣笑、跳。老師必須捧著肚子，提起氣，才能再說：

「這就是『狗尾續貂』的由來，比喻濫任官爵，或把不好的接在好的後面，前後不相稱。但自謙時也會這樣用啦。雖然你們沒有典故中說的那樣，但如此加官晉爵，還大派封地，鼓勵性質多過實際，實在很可愛！我好喜歡喔！」

由於是週一晚上，客人不多，阿姨便堅持請客，眾人於是在咖啡館歡欣的用了簡餐；我們三個還餵了大大小小的貓狗，跟牠們在花園裡來個「月光燭光晚餐」，也欣賞方向如何與小吉玩「躲貓貓」。

稍後，東雷和潛水老師自願洗碗，兩人窩在廚房，大家也不好打擾他們兩人世界。姨丈和阿強十分起勁的聊著高雄舉辦的世界運動會和股市走向，阿姨

和愛豬老師拿豬布偶逗弄著小嬰兒，阿嬤偷跑到起居室看重播的連續劇《光陰的故事》，說「好喜歡」我們的鞦韆老師還以餘音繞梁的歌聲犒賞大眾，連咖啡館的客人都起立叫好！

直到波爸來接碧波，我們才意識到已經很晚了。所謂「歡樂的日子容易過，時光如水奔流」。賓客離開後，一切都歸於平靜，但我認為曾經出現的美好，並不會因時光流逝而消失。

我躺在床上邊看世運「蹼泳」的轉播，一邊回想著今日，感觸良多。浪花累了一天，不情不願被我洗了澡後，已四腳朝天的躺在我身邊了；而令我驚訝到下巴快掉落的是，方向竟也偎著我睡，還發出「呼嚕呼嚕」的舒坦聲。

真令人感動！不是嗎？

還有一個人也很感動。我瞥見阿姨坐在後院地板上，輕輕揩拭眼角，我知道她盯著的那張紙，寫著〈山米崔懺悔記〉。

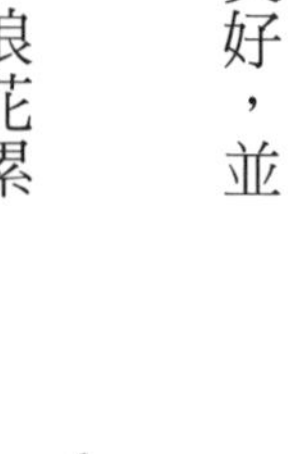

狗尾續貂

【身世來處】

《晉書．卷五十九．趙王倫列傳》

是歲，賢良方正直言、秀才、孝廉、良將皆不試；計吏及四方使命之在京邑者，太學生年十六以上及在學二十年，皆署吏；郡縣二千石令長赦日在職者，皆封侯；郡綱紀並為孝廉，縣綱紀為廉吏。……其餘同謀者咸超階越次，不可勝紀，至於奴卒廝役亦加以爵位。每朝會，貂蟬盈坐，時人為之諺曰：「貂不足，狗尾續。」

【密碼破解】

不計才能優劣而濫任官爵，也比喻事物後繼者不如前者，前後不相稱。或為自謙之詞。

【同類相聚】

狗續貂尾、濫竽充數

【異類相背】

人才濟濟

當機立斷

呈現半死狀態躺在後院木地板上，從沒這麼累過。

〈山米崔懺悔記〉上星期五被毅力老師批改後張貼了出來。那時恩瑪不敢相信她才離開幾天，山米崔就大鬧淡水了；碧波則稱讚我的文筆突飛猛進，還代她表哥向我致歉。

我不想怪任何人。無論如何，是自己笨，就像毅力老師的評語：「不論對或錯，容易吞不下那口氣的人，往往是最吃虧的。」一語道出我在這件事中的角色和結果，但我因此得到了教訓，且懂得自省，這一點她十分讚佩。

我知道我有委屈，但那不是出手打人的藉口。阿嬤跟我分享《聖嚴法師自在語》的「逢人結恩不結怨」，姨丈引用孔子「小不忍則亂大謀」，阿姨教我要懂得息事寧人，用腦思考，我都深深記在心裡。

我還寫了阿姨那天在事發後的處理過程，令我折服；但她不罵我、不理我，讓我第一次感受到，原來心碎是很痛的。能在瞬間讓我後悔不已的，絕對是她的淚，是她眼睛裡的失望。而知錯後，我還要實際力行，以補償她為我傷了心、花那麼多錢。總之，阿姨結合了老師、媽媽和朋友的角色，對我而言，意義重大。

直到鼻球大賽回來後，我才把那篇作文放在她的梳妝臺上。

現在，我偷偷盯著她瞧。稍後，她起身，我趕緊閉眼裝睡。她走來摸摸我的臉，半晌，才關了燈進房間。

然後，我就失眠了。不斷思忖她就是我的生母，不停想像將來相認的情景，也不免考量接下來該怎麼面對。

最終不得不承認，我是個駑鈍之人。我想不出對策，只能幫忙做很多家事彌補，由於還太小，阿姨不讓我在店裡端盤子、送飲料，但其他的我都能做。我沒跟又華媽媽說，除了不想提所闖的那些禍，還因為不知她會怎麼想：山米找到親媽媽了。幾乎。

因為單車壞了，後來除了游泳，我和浪花便改為跑步運動。恩瑪不喜歡跑

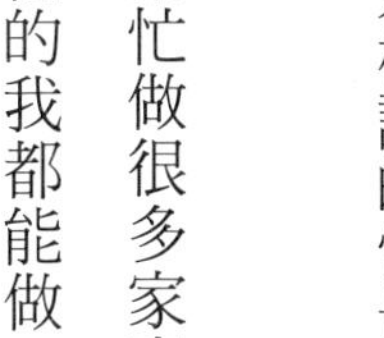

步，但會騎單車帶著我們跑，像教練訓練馬拉松選手般；而將地理風俗瞭若指掌的對我介紹，也如導遊一樣。

後來幾天，她參加了天文營，我們就複習她曾經帶過的路線。這一天，我跟路跑高手「浪花大公」決定來回環堤自行車道，從淡水一直到關渡那段，可以親河、望觀音山，還能看水筆仔林裡的招潮蟹和彈塗魚，再跟蒼鷺、小白鷺和過境的水鳥打招呼。

「如果還有體力，我們就再跑上關渡大橋，到八里玩風浪板，然後搭渡輪回來好嗎？」在跑過了紅樹林，靠近竹圍捷運站時，我跟浪花商量。

牠抬頭回我一句「汪咿！」表示同意。真是好哥兒們！我閃過途中的自行車，加快腳步逗牠玩，牠卻一下子就超越我。我只好放慢速度，說：「吼，中文比我強，踢球比我強，連跑步都比我強！」

牠咧齒而笑，開心得很。而就在此時，牠突然邊跑邊低鳴起來。我覺得奇怪，往前看，空中傳來叫喚聲，定睛一瞧，發現自號「高竿小釣手」，棒球帽和釣竿不離身的高竿跑在前方。我要浪花別跟他一般見識，我們不能再惹禍了，

要聰明一點。但浪花隨即在一扇半掩鐵門前吠了起來，我追進去，發現大樓樓梯口趴躺著一個婦人。

我趕快蹲下來輕拍她的肩膀，幫她翻成仰臥姿勢，並喊：「張開眼睛！」在確定她已不醒人事，也沒了呼吸和心跳後，我要浪花「叫」人來幫忙，便立刻檢查她的嘴，保持她呼吸道的暢通，再為她做起CPR。

鄰居被浪花如雷的吠叫聲引來，隨即對外呼喊：「打電話叫救護車！」我循環施行著人工呼吸，婦人仍無脈搏，於是立刻進行胸外按摩。

人聲雜亂中，我看看錶，數著節奏，以每分鐘八十至一百次的速率施行十五次胸外按壓，然後再做兩次人工呼吸。就這樣持續到第四個循環，再檢查，她還是沒有脈搏和呼吸！我告訴自己要穩下來，不可以放棄，便繼續進行著。終於，在救護人員趕到、也接手後，她恢復了呼吸、有了脈搏！

此時，我才注意到一旁不停喊著「媽！」的聲音，來自高竿。

大家稱讚我的行為，全身因汗而溼透的我，已無力的跪坐下來，兩手久久無法動彈。

「當機立斷！」稍後，碧波對我救了她的姑姑，表示感激、讚賞。「你當下毫不遲疑的做出決斷，爭取了時間，真不簡單！」

我呈現半死狀態的躺在後院木地板上冰敷，覺得從沒這麼累過。

「老師說，古代有兩把名劍，分別叫『青萍』、『干將』。它們銳利到足以削鐵如泥，任何東西一碰觸它們，馬上就斷掉，而且發不出一點聲音！就是『應機立斷』。三國時，陳琳就用來大讚曹植的文筆，說他天賦的才氣如同這兩把名劍，銳利超群、高妙深遠，一般人就算花一輩子也無法學到。後來演變出成語『當機立斷』，引申為當下立刻做出決斷，毫不猶豫！像你下午就沒有遲疑的把握了黃金時間！」

我沒有回話，我好累。

「你知道嗎？心跳若停止超過六分鐘，我姑姑可能已經回天乏術了！」

碧波說著，竟哭了起來。

當機立斷

【身世來處】

三國魏．陳琳〈答東阿王牋〉

琳死罪死罪。昨加恩辱命，并示〈龜賦〉，披覽粲然。君侯體高世之才，秉青萍、干將之器，拂鐘無聲，應機立斷。此乃天然異稟，非鑽仰者所庶幾也。音義既遠，清辭妙句，焱絕煥炳，譬猶飛兔流星，超山越海，龍驥所不敢追，況於駑馬，可得齊足！夫聽白雪之音，觀綠水之節，然後東野巴人蚩鄙益著，載懽載笑，欲罷不能。謹韞櫝玩耽，以為吟頌。琳死罪死罪。

【密碼破解】

形容當下毫不猶豫的，立刻做出決斷。

【同類相聚】

毅然決然、不假思索、剛毅果決

【異類相背】

優柔寡斷、舉棋不定、拖泥帶水

捉襟見肘

你真是以德報怨！好Man喔，好有男人味喔！

我安慰著碧波，她才娓娓道出高家的事。

原來高竿家經歷許多變故，父親臥病在床，生活十分窮困，只靠媽媽工作維生。雖然高竿脾氣衝，但事親至孝，他釣魚、打工，都為補貼家計。高媽媽和碧波的爸爸因事鬧翻，已多年不相往來，但碧波和高竿的感情卻不錯，最近他老是找碧波，是為了向她借錢。

「其實，我姑姑的心臟本來就有問題了。」碧波停止哭泣，說：「她最近不舒服，沒法正常上班，表哥才會比較常找我借錢，但我的錢幾乎都給他了，爸爸還責備我錢花得太快，後來乾脆要媽媽別再給我零用錢。」

竟有這樣的內情！啊，人家院子裡的事，你站在外面小路上是真的不清楚

的。我一直認為高竿在纏擾碧波，原來那是他們之間的「互相依靠」，大人合不來，可他們表兄妹的親情仍存在。

「天啊，我覺得好難過，」我揉著太陽穴說：「我才在本世紀最長的日全食那天打了他！」

「不，你是在他生命最重要的一天救了他！」碧波按著我的肩，表情十分認真。「如果他媽媽死了，他一定也會倒，會像行屍走肉一樣！你的ＣＰＲ救的可不只是他媽媽！」

我不知道該說什麼，一時感懷萬千，想起這是在美國的又華媽咪教我絕對要會的急救法，因她的堅持，今天我才有辦法救人。

「現在姑姑心肌梗塞發作，人也住院了，表哥要家裡、醫院兩頭跑，分別照料父母。唉，他們的生活原本就辛苦，如今更是捉襟見肘、雪上加霜。」

我的臉上一定出現他們早已習慣的神情，她才會推推眼鏡，對我解釋：

「去年玉瓷老師說過，『捉襟見肘』表面的意思是指衣衫破爛，你才捉住衣襟來遮胸，卻又露出了手肘。本來是講曾子在衛國過著貧窮的日子，常三天不

生火煮飯、十年沒有添新衣服。才要把帽子戴正，帽帶就斷了；抓住胸前的衣襟，手肘又給露了出來；穿上鞋子，腳後跟卻晾在外面！過得十分艱苦。後來，『捉襟見肘』就用來形容生活困頓不足、窮於應付的窘態。」

我頷首，進而聯想到顏回「一簞食，一瓢飲」、陶淵明「簞瓢屢空」及杜甫的「布衾多年冷似鐵」，心中百感交集。望著腳邊的浪花，我用心電感應傳達著：「瞧媽咪將我照顧得多好，我其實很幸福！」

「寅吃卯糧，入不敷出。他們的收入根本就不夠支出，別說預支未來的用度，早就已經透支、債臺高築了。啊，我得走了，我爸出差，今晚就回來了！」

碧波站起來的那一刻，平常沒什麼想法的我，忽然靈機一動，去抽屜取來了一顆足球，那是我最愛的撲滿。

「碧波，幫我把它送給高竿，裡面是我全部的錢，而且大多是紙鈔。但可以的話，足球還我，因為它從一年級開始就跟我到現在了。」

碧波眼裡閃著晶瑩。「淳風崔，你傾囊相助，真是以德報怨啊！那我就替你帶給表哥了，他應該很需要，也先替他向你謝謝。」

「別那麼說啦。」我揮揮手，接著對只到我胸口的她，故弄玄虛道：「嘿，你以為就這樣了嗎？」

阿姨正好來幫我換冰袋，我忙不迭的對她仔細講述高竿家的事，然後提出我的建議，那就是我想對碧波說的，一個挺不錯的點子。

碧波眼若銅鈴凝視我，阿姨則以欣慰的神情拍拍我的頭，說我長大了，懂得幫助別人，她很高興；並叫我著手去做，場地就包在她身上。我笑笑，低頭跟浪花講：「嘿，鼻球高手，你無用武之地嘍，這次就看山米大顯身手了！」

「哇！淳風崔，你好Ｍａｎ，好有男人味喔！」碧波說。

我差點跌倒，驚恐的望著她。

捉襟見肘

【身世來處】《莊子．讓王》

曾子居衛，緼袍无表，顏色腫噲，手足胼胝。三日不舉火，十年不製衣，正冠而纓絕，捉衿而肘見，納屨而踵決。曳縰而歌〈商頌〉，聲滿天地，若出金石。天子不得臣，諸侯不得友。故養志者忘形，養形者忘利，致道者忘心矣。

【密碼破解】形容生活困頓不足、窮於應付的窘態。

【同類相聚】顧此失彼、左支右絀、踵決肘見、一貧如洗

【異類相背】綽有餘裕、綽綽有餘、應付自如

班門弄斧

我也有專屬的「Slogan」耶！

「挑戰海王子——長泳公益募款賽」在淡水小鎮一處室外游泳池展開。

我決定舉辦游泳募款比賽來幫助高竿家，除了阿姨出錢出力為我訂了三小時的場地，並找幾個朋友共襄盛舉之外，其餘從計劃到執行，都由我一手包辦。恩瑪和碧波是當然助手，也是永遠的站在我這邊的好朋友。

「汪咿！」浪花有意見，我只好對牠說：「好啦，還有你！」

我邀了姨丈、阿強、保哥、東雷和潛水老師等人參賽，再親赴正在放暑假的淡江及真理大學、淡江中學，張貼傳單徵求高手，一星期後，連我共計十六人報名。但最壯觀也最令人期待的，要算是親友團啦啦隊和觀禮貴賓了，前者是支持我的力量，後者則能支援高家的經濟。我還請泳池救生員整裝待命，阿

姨找了律師朋友為此募款活動做專業公證，以確保款項都會交到高家手中。

比賽共計三輪，第一輪，參賽者分別游四百公尺自由式，依時間長短，取前十二名進入下一輪；十二人再分兩組比四百公尺，每組取前三名進入下一輪；而第三輪便由這六人一較高下，比的是一千公尺，最先抵達終點的便是冠軍。

雖然屬於公益表演賽，沒有獎金，也沒有獎牌，只頒發「陽光海」的咖啡券及東雷提供的全新釣竿，但選手們無不卯足了勁，在這夏天的週日下午六點，挑戰個人體能、技巧的極限！

所有來賓和選手，都可免費享用阿姨的朋友添實叔叔做的點心，再自由捐獻；而想跟淡水名狗浪花和牠的朋友海霸、小吉合照的人，只需多捐一百元。我原本也想多找幾隻來，但只有這三隻比較坐得住。方向呢？別提了，這小姐「超宅」，根本不喜歡出門，若有一天發現牠在上網購物，我都會相信。

比賽還沒開始，就看見「挑戰海王子——長泳公益募款賽」布條之外的許多加油海報，我的情緒十分沸騰，便對東雷和潛水老師說，好想立刻下水紓解這

陣熱潮。他們聽了呵呵直笑，糗我像個小姑娘。

「淳風！你只花一週的時間籌劃執行嗎？很棒耶！」畫紅老師走過來跟我說，毅力、愛豬、鍬鼴、玉瓷等老師也應邀前來捧場。

我很高興看到她們，覺得這是真正的關心，而且能使泳池畔不致太過陽剛。

「但我們會不會太班門弄斧啦？」東雷對我打趣道：「在行家潛水老師面前賣弄本領，小心就像『魯班門前玩大斧』一樣，不自量力啊。喔，魯班是春秋時代魯國一位巧匠，善於雕刻、建築，技藝高超，還發明不少車、船呢！後人把他視為木匠的祖師爺。」

「你才班門弄斧吧？」我對他說。「在那麼多老師面前講成語典故。」

幾個人被我的回話逗笑，唯一的女選手潛水老師做著暖身操，說：「別抬舉我，我潛水比較強，游泳實在差強人意！」

「那下次來個『蹼泳賽』好了！」毅力老師笑說：「蹼泳不是結合了潛水和游泳嗎？我看世運轉播時，那腿部的擺動簡直像孔雀魚一樣！」

就在我們討論著水面蹼泳時，恩瑪、碧波和老師群興奮的聊了起來。過了

不久，在阿姨宣讀本募款賽的宗旨和辦法，並大力感謝來賓與選手後，鳴槍開始比賽。

瞬間，鑼鼓喧天，原來是阿強的朋友敲起大鼓，加以啦啦隊跳叫著，好不熱鬧呀！我們可以聽到恩瑪、碧波合作撰寫，由親友老師團「大聲疾呼」的口號：「大漢！大漢！銳不可當！」「阿強！阿強！當仁不讓！」「東雷！東雷！沖天一飛！」「潛水！潛水！無堅不摧！」「保哥！保哥！攻無不克！」「山米！山米！至尊霹靂！」

哇！我也有專屬於我的「Slogan（口號）」耶！好喜歡那與眾不同的四個字！這使我不只沸騰，幾乎是快達沸點了！於是在下水的剎那，我享受了有記憶以來最滿足的一次跳躍！而且破了自己的四百公尺紀錄，只花了四分十六秒二二！

結果，我們之中除姨丈外，都進入了第二輪。接下來，保哥、阿強和潛水老師未能搶進總決賽，只剩我和東雷，要與另外四位大學生在第三輪一決高下。基本上，能拚進冠軍賽的都已游了八百公尺，卻得繼續游一千公尺，所以是場

體力與毅力大考驗。但一切都值得，不管最後誰能勝出。

鳴槍後起跳，我便調整著呼吸和節奏，分外用心與用力，雖然已經疲累，仍想來場完美的結束。終於，當我的手碰到壁面時，全場充斥著歡呼尖叫聲，直到「山米！山米！至尊霹靂！」口號響起，我站定，才明白自己足足領先第二名的東雷有一分鐘之多！

而此同時，浪花再也忍不住了，牠跳入我的水道，以天生的狗爬式開始奮力游著，笑壞了大家，也大鬧了現場。「真愛現！」我心裡嘀咕，仍疼惜的追游過去，抱起牠，在「浪花浪花！出神入化！」的加油聲中，遞給搖頭笑著的阿姨擦乾。回頭一看，恩瑪整個抱住壯海霸，碧波則拚命拉住小吉，因牠倆也躍躍欲試，似乎都想追隨「浪花大公」起義！

經過寵物的臨時串場表演後，頒發前三名和參賽選手咖啡券等獎品。緊接著便是樂捐時間，各人自由投入捐獻箱，而較大筆的捐款，小安主席也以麥克風口頭宣報，總能引起鼓掌歡叫聲。我們沉浸在助人的快樂之中，在這個場合裡，沒有大人物，只有小小的、深深的心意，卻串聯成偌大磁場，為共同幫助

弱勢的目的而努力。

「對不起，呃，現在有一個狀況。」

阿姨的聲音透過麥克風傳來，我們都望向她。然後，目瞪口呆。

那不預期站在她旁邊的，正是碧波的父親。

班門弄斧

【身世來處】 唐．柳宗元〈王氏伯仲唱和詩序〉

況宗兄握炳然之文，以贊關石，膺冠銀章，榮映江湖，則嚮時之美談，必復其始。某也謂予傳卜氏之學，宜敘于首章，操斧於班郢之門，斯強顏耳。

【密碼破解】 比喻在行家面前賣弄本領，不自量力。含諷刺意味。

【同類相聚】 弄斧班門、布鼓雷門

【異類相背】 量力而為、自知之明

第四章

歷史性的一刻

學富五車

滿腹豬雞？去「吃到飽」餐廳，才有可能吃得滿肚子豬和雞。

爸爸突然到場，只見碧波的臉色發白。在他們家，姑姑的事像是千百年來的忌諱，不能提及，她自然不敢告訴父親關於這些事。

「各位，我是高家的親戚。」只見波爸拿起麥克風，從容不迫的說：「我一直不知道高家近況，也是在三十分鐘前才聽聞這場募款泳賽。我是有能力幫助自己妹妹的，從前只是賭氣才斷絕了往來。謝謝大家為我們做這麼多，今天的捐款，我想可以轉捐給其他更需要的人或者公益團體。無論如何，謝謝各位的善舉，還有發起本活動的山米和他阿姨……今後，我會負責……讓高家再站起來的！」

波爸最後一句話說得哽咽，在場人士聽了動容，紛紛鼓掌。

他私下還跟我們說，十四年前不同意妹妹的婚姻，但妹妹不聽，之後又陸續因幾件事而澈底絕裂。接下來，他完全不想知道高家的事，也禁止妻女討論，才會不清楚狀況的發生與嚴重性。他還拿起一張募款賽宣傳單，說看到時大驚失色，「好像全淡水的人都知道，只有我不知道！」

沒有比這結果更令人滿意的了，不僅高竿家的艱困獲得了紓解，兩家人也能重拾親情，碧波更不必偷偷摸摸的關心表哥一家人了。

我好開心！對照之前在美國的我，不可能為這種事高興，何況還付出心力去幫忙。加上暑假到現在所充實的經典、文學，以及跑步、騎車、游泳等訓練，都讓我覺得自己在改變。

像電影中那個普通學生就要變化成蜘蛛人、十六輪大卡車即將變形為至尊金剛一般；也像武俠小說中的令狐沖練了獨孤九劍、楊過創了黯然銷魂掌；像周處除去三害、崔瑗亡命天涯時痛悟、蘇秦推動理念不成功後苦讀……山米崔，整個內裡都不一樣了，儘管他外在的樣貌依然。

我把這種特別的感覺寫在作文上，雖然遠不及那些人的成就，但從「比例原

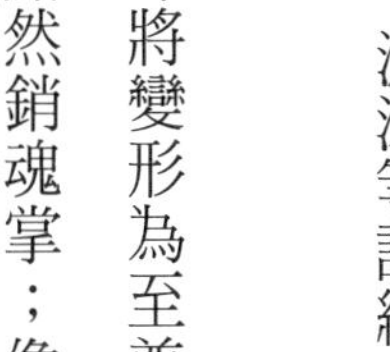

則」上來對應暑假之前的自己，現在的我……

「可謂『滿腹豬雞』了。」毅力老師指著我文章中的成語笑：「哪裡聽來的？」

「姨丈都這麼稱讚阿姨啊。」我不明所以的答：「這麼滿，不是很豐富嗎？」

「去吃到飽餐廳，才有可能吃得滿腹豬和雞吧！」

老師試圖克制自己的笑意，但嘴角還是咧了開，使我也跟著發笑，注視她在紙上寫了兩個字：「珠璣」。

稍後，她對全班同學解釋：「珠是圓的蚌珠，璣則是不圓的蚌珠。兩字合稱可引申為詩文，而『滿腹珠璣』就形容人善於詩文，下筆成章，很有才氣。另外，說人家才識豐富也可以用『滿腹經籍』、『滿腹經綸』。總之，『珠璣』，不要誤以為是『豬雞』。」

同學笑了起來，老師又道：「與其讀到滿肚子豬和雞，不如讀五車的書吧！我們再來學『學富五車』。望文生義，就是說讀過的書可以裝滿五大車了！五大車多不多？」

「多！」大家異口同聲。

「還記得莊子的朋友惠施吧？惠施是名家的代表，事事追求邏輯、辯證，和主張超脫、逍遙的莊子的道家思想有很大不同。所以惠施愛找莊子抬槓、辯論；莊子也常藉惠施來作反面例子。譬如他說惠施讀過的書雖然足以裝滿五輛車，可謂學識廣博，但思想也因此過於龐雜，有的道理說得並不適切。成語『學富五車』就從此處演變而來，形容人書讀得很多，知識豐富、學問淵博。但，注意一下，『五車』是形容書的數量很多，並非真的就是五車喔。」

若是從前的我，一定會為「豬雞」發窘，但現在我已不同於以往，會開心又多記了一個成語。就像金庸的《倚天屠龍記》，張無忌在意外獲得九陽真經，練習了九陽神功後，接下來又多會了乾坤大挪移心法，他的潛力才有如山洪爆發，才成為天下無敵。而有著中國文學精緻之美的成語，便是我的乾坤心法，不僅增長了深厚「內力」，還能讓我在不想多說話的時候，撂一句成語就行。酷。

就在我認為成語很酷、經典詩詞文學好玩時，夏令營也進行到最後一堂課了。我們分組表演多日來習得的詩詞吟唱，東雷、阿姨和其他家長坐在一起欣賞，我和恩瑪這組吟唱了〈虞美人〉古調和〈水調歌頭〉今調，最後東雷還忘情的

站起來賣力鼓掌。

畫紅老師在結業致詞中鼓勵所有同學，也表揚了我的進步，並希望大家日後多讀經典、勤寫作文。謝師敬禮後，我在小學堂的夏令營正式結束。

我望著關心我、教導我許多的老師們，竟有不捨之感。是怎樣？我在心裡嘀咕，現在就這樣，那跟阿姨分別時不是要哭天搶地了？

何況，若她真是我的生母，我做得到當面問她「為什麼」，然後立即轉身離去嗎？

學富五車

【身世來處】《莊子．天下》

惠施多方，其書五車，其道舛駁，其言也不中。厤物之意，曰：「至大无外，謂之大一；至小无內，謂之小一。无厚，不可積也，其大千里。天與地卑，山與澤平。日方中方睨，物方生方死。大同而與小同異，此之謂小同異；萬物畢同畢異，此之謂大同異。南方无窮而有窮，今日適越而昔來。連環可解也。我知天下之中央，燕之北越之南是也。氾愛萬物，天地一體也。」

【密碼破解】形容人書讀得很多，才識豐富、學問淵博。

【同類相聚】滿腹經綸、博學多才、博覽群書

【異類相背】胸無點墨、才疏學淺、不學無術、腹笥甚儉

憂心如焚

要像連續劇演的那樣，直接喊「我什麼都知道了」嗎？

我做得到嗎？當面問她原因，然後轉身離去？

當我正思前想後時，姨丈請人將單車修好了，菜籃也換了個很炫的藍色，浪花看得直跳步，興奮得很，那可是牠的寶座啊！

下午，恩瑪踩踏著她的座騎來到咖啡館，她已經受不了陪我們兩個男生跑步，才幾天而已，便巴不得遠征長途了。

她帶著小吉領我和浪花騎向北方的公路，就是姨丈開車載大家去玩的北海岸，但大多時候我們是騎在自行車道上的，也因此離海更近，感覺一路上有海作伴，使我心情十分愉悅。可能我上輩子是一條魚吧，那種大型的海生魚，渴盼著蔚藍的深水天際；恩瑪呢？或許她的祖先是哥倫布或鄭和，才會念完五年

級而已，卻總是展現超強的地理方向感，就算在海上也不會迷路吧，因為她還能觀星象。

我們時而輕快、時而吃力的踩著風火輪，享受汗水淋漓的青春時光。過了三芝淺水灣，道路兩旁是櫛比鱗次的咖啡館或觀海餐廳，如夢似幻的，度假的人潮如水，更充盈在好幾處的海邊、沙灘上。經過了好幾個風車公園，我們抵達麟山鼻漁港，再到白沙灣泡泡海水，然後去富貴角、富基漁港。後來，在老梅停留了一會兒，拜訪石槽藻礁奇觀，雖然礁石上的海藻已枯黃，但可以想像它們在三月到五月時的青綠景象。

「好幾百公尺的綠色地毯，就長在海水拍打的岸石上！」恩瑪神氣的說，還對兩隻快樂奔來躍去的小狗訓示：「那裡海水深！危險！不可以！」

緊接著是令我驚訝的石門風箏公園，那裡有五花八門、琳琅滿目的風箏搶著彩繪天空，我們也買了兩只，在廣闊的海邊沙地逐風玩了起來，小狗們更是盡情的奔跑、歡快的吠叫。之後，我們再騎到自然天險「石門洞」賞景，便開始往回程騎，這回陪伴的，還多了夕陽。

如花椰菜一般的山的輪廓，映染著夕陽的地方，就像花椰菜變黃了，阿嬤往往會說：那麼要趕快炒掉了。我想著，笑了笑。這來回約九十公里的路程，就像一段由雙腳踏出來的深度旅行，不知怎地，讓我感覺格外充實。

道別恩瑪，我抄捷徑回到淡海路的咖啡店，把車牽進後院時，小安阿姨正在茉莉花前，抱著娃娃微笑著，像在等我。

「想不想陪兩個女生到大榕樹下坐坐？浪花一起來。」

好像有事的樣子，雖然她的笑容對我來說，是一種慰藉，甚至是上天的布施。難道……她要對我全盤托出了？我不由得緊張起來，急著思考如何應對。要像連續劇演的那樣，直接喊「我什麼都知道了！」然後質問她「為什麼」嗎？我會不會是過繼給她姊姊，就是又華媽媽，而他們不想告訴我呢？又，什麼時間點切入才好？我連要不要叫「媽」都想了！思緒像千軍萬馬般，弄得我汗流浹背。

「怎麼啦？你像熱鍋上的螞蟻。」走到堤邊一排老榕前，阿姨拉我坐下。「對還沒有解開身世之謎感到憂心如焚嗎？」

我不知該否直接坦白，這種時候，我像個毫無主見的嬰兒。我看看娃娃，

只好回答：「嗯，急如焚，焦如火，亂如麻，心重如石。」

「哇，你的中文真的進步很多。但，找生母這麼重要嗎？」

她認真的瞅著我，眼睛是暗橙色的淡水河，河上一隻鳥兒飛過。

「美國那對愛你、教養你那麼多年的父母呢？並不是因為她是我姊姊，我才這樣說。我覺得你長大了，所以和你聊聊。你媽媽，剛打過電話來。」

我一驚，旋而又想：那麼，你們談了什麼？

「《詩經》裡，有一首詩說到，西周末年，尹太師深受君王重用，卻不能為人民謀福利，反而貪汙、亂政，使得國不像國，深陷危難。人民對此情勢感到心就像被燒灼一般，但尹太師位高權重，大家不敢戲談，只能屢屢質疑他為何不好好負起職責、用心國事呢？『憂心如焚』就從詩裡演變而來，本是形容人民焦慮國家情勢，內心如被火燒一般。後來，多半用以比喻十分焦急、憂慮。你媽媽剛談起你，就是憂心如焚的樣子。」

「為什麼？」我終於問出我一直想問她的問題。

而她的回答當然不是針對我這個問題。「你媽媽覺得你的心都在生母那邊

了，即使你還沒找到她；你們的母子情，好像再也無法像從前一樣了。」

我想起又華媽媽，她對我很好，只是我一直很幼稚，身在福中不知福。望著阿姨，我突然想到，把一切都講開好嗎？會不會太尷尬？其實媽媽會說出我非她親生的祕密，只是想讓我和阿姨相處吧！感情上，大人總是口是心非，又華媽媽明明不想失去我！

在這一刻，我做出了決定，雖然不容易。

「阿姨，就算沒弄清楚身世也無所謂，時間一到，我就會回美國去了。大丈夫，提得起、放得下。」

她笑了。「很好。山米，又華真的是個好媽媽，你很幸福。」

「嗯。我已經變了，只想珍惜生活中所擁有的。爸爸、媽媽、你、姨丈和阿嬤。」我想到浪花和恩瑪，低頭看，浪花正咧嘴對我笑著。「還有你，小浪。」

牠搖著尾巴舔我的手，我呵呵笑起，覺得還是讓一切關係像從前一樣比較好，反正我就像圍棋裡的黑棋被白棋包圍，但不是被攻擊，而是被愛護。

我晃著腳，海水就在腳下，而上有老榕遮蔭，對岸觀音山依然靜臥，河面

船隻與寬闊天空對映著，風光何其旖旎呀！看著浪花，一時間，我竟問起牠的身世。

「牠是愛豬老師那時男朋友家的狗生的，送了一隻給她哥哥，也就你姨丈養，但牠跟我比較投緣。」阿姨逗著娃娃回憶。「就像我的孩子。」

就在我聞言若有所思時，聽見有人出聲喊我，是碧波，而且身後還跟著高竿。浪花對他低吠著，隨即被阿姨制止。

「阿姨好！」碧波問候。「表哥要我帶他去咖啡館向你們道謝加道歉，阿嬤說你們在榕樹下，我們就找來了。」

高竿對阿姨頷首，還微微鞠躬。「對不起。」

這是我第一次聽到他冷靜的講話，有點不習慣。但當他對上我的眼睛時，囁嚅著，說不出一個字。於是我替他解圍，要他以騎單車上北新大道代替，真是佛心來著。

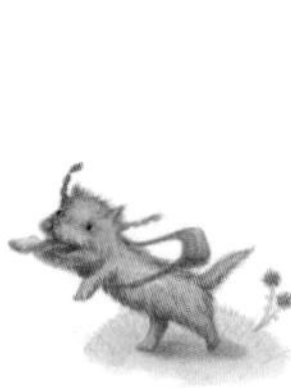

憂心如焚

【身世來處】《詩經．小雅．節南山》

節彼南山，維石巖巖。赫赫師尹，民具爾瞻。憂心如惔，不敢戲談。國既卒斬，何用不監？

【密碼破解】內心憂慮，如火焚燒。形容十分的焦急、憂慮。

【同類相聚】憂心忡忡、憂心如惔

【異類相背】安之若素、無憂無慮

江郎才盡

我凝望阿嬤含著水的眼睛，不敢相信。

好吧，我承認我沒那麼善良，是懷了點壞心眼。

隔天早晨，恩瑪把腳踏車騎到渡船頭，借給高竿，她和碧波在那裡等我們。

我和高竿騎過老街的馬偕銅像，開始爬坡，見他有點小喘，我在內心偷笑：等會兒有得瞧了！

途經人車擁擠的路段，他好像頗為輕鬆，但等我喊完「大土地公！」時，已能清楚看見他臉上的汗水了。「櫻花農場！騎快點好不好？」「前面就是小土地公！你都沒運動嗎？整天只知道站著不動釣魚！要不要順便敷面膜？」

回想恩瑪在熾熱風中對我的鼓勵，我可不給他。「快點！接下來兩關是高難度！我和恩瑪一下子就騎上去了！」

如果之前我算「苟延殘喘」，那麼高竿現在簡直是疲軟到快癱瘓了！

「北新樂園！」但我仍下重手。「沒看過騎車這麼慢的男生！你好意思嗎？」上次在青翠中幾乎讓我投降的彎，也讓他滿頭大汗、低頭皺眉，只勉強撐住腳還在動的局面。我則不一樣了，經過恩瑪的訓練，這段山路對我來說是「蛋糕一塊」（piece of a cake，即小意思）了。我回頭又喊：「你可以認輸！從這裡到下一關『斜坡之家』是最難的！生命要緊，不必勉強！」

他沒有說話，一路上緊咬著牙苦踩，不是會認輸的人。

「水源國小！地已經很平了還那麼慢！」「你裹小腳嗎？」我陸續對他宣布：「天元宮！騎到階梯那裡就過關了，算你好運！」

當車輪一碰到樓梯邊，他馬上棄車丟帽，整個人大字形的躺在樹下水泥地上。我一臉酷樣的坐著欣賞自己對他的折磨，他的汗如大雨般流淌而下，嘴張得大大的，胸口上下起伏，不顧形象的喘著氣。

我很滿意。因為滿意，便起身去取來了水壺，順便拿了他的，遞給他。「喂，喝水，不然會死的。」

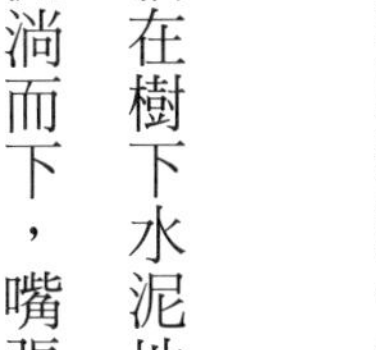

他接過去，打開，卻不先喝，直接從頭上淋下。我更滿意了，確定這是他人生中最刻骨銘心的一次運動了。五分鐘後，我對還癱在地上的他說：「喂，你打算在這裡躺一輩子嗎？要不要叫計程車或搭公車下山啊？兩位小姐在等我們耶。」

他緩緩坐起來，戴上球帽，看了我一眼。我們都懂，男人之間的恩怨是不必說抱歉或謝謝的，只消一個眼神，全都了然於心。我們輕鬆寫意的滑到河堤，大夥約好的地方——馬偕爺爺當年抵臺上岸處。見恩瑪和碧波戴著草帽，手裡各拿一隻黃色長頸鹿與粉紅色 kitty 貓，已坐在馬偕爺爺的石船裡等我們了。

真可愛！我的心突然「怦」了一下。我們把腳踏車停在星巴克咖啡館前，恩瑪突然叫我和高竿幫她們保管那些推彈珠、射汽球、套圈圈贏來的獎品，便和碧波不知上哪兒去了。我們兩個男生坐在石船裡，各拿著長頸鹿和 kitty 貓，實在夠糗的！居然還有遊客對我們拍照，若被傑克看到，我一定被笑到永世不得翻身。

不久，恩瑪和碧波出現了，她們買來巨無霸霜淇淋請我們吃。在近中午的

豔陽下，真是至高享受！而恩瑪吃霜淇淋的樣子，又是一個可愛啊。

「高小文！」恩瑪突然喊：「你媽媽快出院了吧？」

噗嗤一聲，我不可遏抑的笑了出來。原來高竿的全名叫「高小文」……

中午吃過飯，我在書桌前思索著。

毅力老師建議我不妨把認為自己在改變的感覺，以及這個暑假發生的重大事件與特別經歷都寫下來。這幾天我一時興起，將作文都打進電腦裡，還陸續的創作呢。不敢相信，我曾經對她說又沒想當作家、質疑寫優美文章的重要性，那時她還說：「難講喔，說不定哪天你會寫本小說什麼的，或是給女朋友寫情書呀！」

都讓她說中了！我現在正記錄著近兩個月以來如小說情節般的生活（雖然一兩年後才完全潤好稿），也……想寫一封信給恩瑪，雖然她並不是我的女朋友。

好煩，給恩瑪寫著信，我放肆大笑高竿的畫面卻又一直浮現。

記得後來我故意很溫柔的對他頻喊「高小文！」兩個女生在一旁摀嘴笑著，

他也大刺刺的笑，看來壓力解除了，他變得沒那麼緊繃、衝動，比較像個小六的孩子了。

東雷和潛水老師在前廳咖啡館喝咖啡，和小安聊著天。我則繼續在後屋裡皺眉，想不出該怎麼寫。阿嬤看到，問我怎麼「肚腸像打結」的樣子。

「是江郎才盡。」我趴在桌上，盯著又在舔腳的浪花，逕自說著：

「我們畫紅老師說，南北朝時，有個家裡很窮，卻好學不倦，年紀小小就能寫出好詩好文的江淹，在文壇上名氣很大，大家都叫他『江郎』。但老了以後，他的文筆變得大不如前，非常乏味就對了。有人就傳說他晚年曾夢見過一個自稱東晉著名文學家郭璞的美男子，對江淹說：『我有一支筆放在你那裡很多年了，現在該還我了吧？』江淹不明就裡，把手伸到懷中，竟真的摸到一支五彩筆，於是把筆歸還給郭璞。從此以後，江淹便再也寫不出好的詩文了。所以當時大家認定，江淹的文才已盡。故事後來被濃縮成『江郎才盡』，就用來說文人才思已經枯竭，不能再創佳句了。」

我聽見阿嬤出了聲，知道她還在，於是邊抬起頭，邊道：「就像我現在這樣

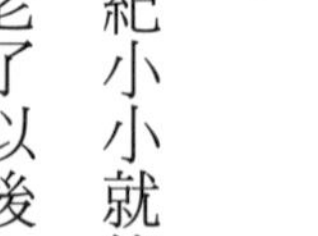

啦，明明昨天之前都還文思泉湧的，現在居然腸枯思竭了，一定是郭璞把神奇五彩筆收回去了，我已經『崔郎才盡』！」

說著，定睛一看，不得了，阿嬤對著我，竟淚眼盈眶！

我凝望她許久，心裡萬馬奔騰，再怎樣都不會想到這個可能！不！我看著她含著水的眼睛，不敢相信的搖頭道：「不會吧……喔，阿嬤，不可能吧！」

「為什麼不可能？」她擦著眼淚，感懷萬千的看著我，「你一個多月前剛回來時……我好擔心，那時候你連中文都不太會，更別說成語了。但現在你看……」

Thank God！我大大鬆了一口氣。

江郎才盡

【身世來處】南朝梁・鍾嶸《詩品・卷中・齊光祿江淹》（據《歷代詩話》引）

初，淹罷宣城郡，遂宿冶亭，夢一美丈夫，自稱郭璞，謂淹曰：「我有筆在卿處多年矣，可以見還。」淹探懷中，得五色筆以授之。爾後為詩，不復成語，故世傳江淹才盡。

【密碼破解】形容文人才思枯竭、大不如前，無法再創佳句。

【同類相聚】黔驢技窮、腸枯思竭、束手無策

【異類相背】文思泉湧、七步成詩、才氣縱橫

明察秋毫

我想看這隻蟲要去哪裡，你有放大鏡嗎？顯微鏡更好！

姨丈僱了一位家貧的中輟生到店裡幫忙，讓阿姨開車帶我、浪花和恩瑪去玩，我們還邀請了碧波和高竿，一起來個三天兩夜宜蘭青春行。

出發時，高竿將足球還給我，說他沒有花用；還拿了一條鮮橘色的小領巾，要送給浪花。對著他，浪花還是小小的撇嘴、咬牙。

「小浪，要大方一點。」阿姨推推太陽眼鏡提點愛犬。

浪花這才不太情願的靠近，讓人高馬大的高竿為牠繫上領巾，我們趕緊拍手讚牠好帥，牠總算才有了開心的樣子。高竿摸摸牠，向牠道歉，起身時，故意口齒不清的對我說：「啥米碗糕，也對不底、謝謝底。」（山米，也對不起、謝謝你。）

「別放在心上，」我回敬他：「小文。」

大家都笑了出來。揮別阿嬤、姨丈和娃娃，還有「宅貓」方向，我們便往北宜高速公路前進。適逢宜蘭舉辦「山河海蘭雨節」，武荖坑的水上設施讓我們玩得暢快無比，碧波在大家的鼓吹下，也挑戰了從十幾公尺滑水道下衝的「空飆船」；而在武荖坑溪邊，我們還得拉住高竿，他才沒有釣起魚來。至於羅東夜市的糕渣、豆腐捲、羊肉湯、包心粉圓等知名小吃，也都祭了五臟廟。我們還起早品嚐了名聞遐邇的林場肉羹，去蘇澳冷泉享受溽暑下的冰涼，到南方澳漁港吃便宜美味的海鮮，然後北上冬山河遊覽，拜訪傳統藝術中心。

在傳藝中心，我們觀賞西洋偶戲、歌仔戲及布袋戲，在臨水街和黃舉人宅留下搞笑的十連拍。阿姨還讓我們各選了一只手操布袋戲布偶作紀念，我不知道怎麼形容對紅臉關公的喜愛！

逛過了偌大園區，在牛魔王和鐵扇公主家門前，我的關雲長和恩瑪的穆桂英、碧波的花木蘭、高竿的趙匡胤，彼此自我介紹，客氣了一番後，便開始撂狠話，然後用配備的茅劍刀棍打打殺殺，背景音樂是超級名駒浪花赤兔馬「汪咿」

的歡叫聲。中國歷史頓時大亂，幾個孩子笑得比五胡亂華還厲害，阿姨也為這些創意臺詞笑到掩嘴加捧腹。

第三天往臺北開去時，我們到礁溪湯圍溝溫泉公園泡免費溫泉——泡腳，雖然這些冬季時的天堂享受在此炎夏顯得十分要命，但仍讓人驚豔呀！而再往上，就是蘭雨節第三個會場——頭城海水浴場。我們在這裡足足玩了四小時海水，也陪名叫「碧波」，卻怕海、無法「碧波盪漾」的碧波小姐，堆了大大的沙堡王國。之後，一夥兒人累到在車裡睡翻了，醒來時，已回到淡水。

我把在傳藝中心做的手拉胚筆筒送給姨丈，說乾了再幫他彩繪；看著陶體上「大漢」兩字，他好感動，直說是他人生第一個父親節禮物。我還做了一個給爸爸，準備提著回美國，因為都沒經過素燒，禁不起壓。

好盡興啊！我想著。剛哄了娃娃午睡，我從冷氣中走到後院木地板坐下。今天好熱，有攝氏三十八度，但我想躺在這地板上，就著陽光耍我的關雲長。

浪花跟著來到我臉邊，坐下，不時還伸手想抓戲偶。突然，我停下動作定定看著牠，想起這些日子。「小浪，我快走了，事實如此，我只有這個夏天。」

「誰不是只有這個夏天？」

我聞言一笑，恩瑪公主駕到。她的隨從小吉子爵，轉眼已在後屋和浪花、方向玩捉迷藏了。我們在後院聊天，她還提到東雷想帶我們去溯溪。

「我們好像太貪玩了，都沒研究那封信。」恩瑪突然說。

我笑笑，小孩是這樣的，誰不愛玩？

「嘿，你有放大鏡嗎？我想看看這隻蟲要去哪裡。」恩瑪低頭盯著泥土問。

小孩愛玩，還容易分心咧，才剛說要研究，立刻又轉移了焦點。不過她真特別，一般女生都避蟲唯恐不及的。我回她：「這裡不知道有沒有，在美國的家就有。」

「喔，那就更不可能有顯微鏡嘍？拿顯微鏡來觀察，就可以『明察秋毫』了。」

瞬時，我倒吸了一口氣。「你說什麼？」

「明察秋毫啊！老師說過，他指我有能力做，只是不肯做而已。」她不明白我驚訝的真正意思，繼續講解：「相傳黃帝時代的離婁視力很強，百步之外的野獸細毛，每一根都看得很清楚。而孟子就曾借離婁視力好的例子，來遊說梁惠王行仁義之道。他說，如果有人跟大王講，他可以舉起三千斤的東西，卻舉不起一根羽毛；能遠遠就看見秋天鳥獸新長的細毛，卻看不見一堆木柴，請問大王您相信嗎？梁惠王答：『當然不信。』孟子於是又說，有這樣的力量和視力，卻舉不起一根羽毛或看不見一堆木柴，是因為不肯去做，絕不是做不到。如今，天下蒼生十分困苦，有一餐沒一頓的，就是大王不肯行仁義之道的原因，並非做不來，應該讓百姓都享受大王的恩澤！所以，成語『明察秋毫』就這樣演變而來，較常比喻人能看到極細微的地方，能洞察一切。」

我呆愣住，問自己是不是那舉不起一根羽毛或看不見一堆木柴的人？

「但你不覺得顯微鏡更厲害嗎？不只細毛，連細胞都看得到！」她說。

我旋即爬起，進房間取來那封信給她。她讀了起來：

「孩子出生後，以歌聲、舞蹈來慶祝太平和樂。平靜的生活不料無故起波瀾，且大浪滔天而來。但仍要積極努力以進，即使艱難到不知往前還是往後。而當信箱破了，依然需以誠懇的態度信守誓言，就算體力、資源消耗殆盡，嘴

巴也休提放棄。回顧幾年來的幼稚，不知該哭該笑，在強風中沙石滿天，雖然我們的言行都受世俗所監視、約束，結果也多與原先的期望恰好相反。唯有回復到原本的質樸境界，才能證明堅強的人禁得起各種考驗。不要多話，必須靜心、謹慎思考，從漆黑角落投向光明。拿起顯微鏡來觀察，那麼就沒有絲毫疑惑，可以理直氣壯、言詞正當的，說出那句看似普通，意涵卻深遠的八個字了。」

我幾乎忘了這封信！又想，阿姨若是生母，這封跟著我被領養的信又是何意？

「哇，你的身世信裡的每一句，都像有弦外之音耶。」恩瑪打斷我的思緒。

「當信箱破了……什麼跟什麼嘛！艱難到不知該往前還是往後……進退兩難嘛！」

哎呀！我的腦海剛像打了雷一般，明明感覺到什麼，卻又想不起來，真令人頭痛！

「哈囉。」有個聲音響起，我們回頭看，是碧波。「恩瑪，我帶表哥去你叔

叔的店，他們聊起釣具，時間就像不走動了一樣！無聊死了。東雷就叫我來這裡找你。喂，你們在玩什麼？」

「在研究山米的一封信。」恩瑪皺眉回答。

「信？」她歪了歪頭，忙用手帕擦拭臉上的汗水。「熱死了！對了，淳風崔，你知道你家咖啡館的信箱壞掉了嗎？呵呵，來個腦筋急轉彎：『信箱破了』，猜一個成語。」

碧波沒有注意到我和恩瑪驚訝的瞪大眼睛互望，而當她公布謎底為：「難以置信」時，我們已嚇倒在地上。

明察秋毫

【身世來處】《孟子．梁惠王上》

（孟子）曰：「有復於王者曰：『吾力足以舉百鈞，而不足以舉一羽；明足以察秋毫之末，而不見輿薪。』則王許之乎？」曰：「否。」

【密碼破解】目光敏銳，能看到極細微之處，比喻觀察力強，洞察一切。

【同類相聚】觀察入微、洞若觀火、洞燭入微

【異類相背】不見輿薪、鼠目寸光、霧裡看花

茅塞頓開

我的心海大浪濤天，準備迎接歷史性的一刻。

「怎麼了？」見我們倒在地上，碧波問：「我的謎題這麼夠力嗎？」

恩瑪將信遞給她，說那有關我的身世。她專注的讀著，眉毛上下挑動，然後研讀起來。「當信箱破了，依然需以誠懇的態度信守誓言……哦？」

「怎麼樣？」我和恩瑪同時靠向她。

「熱死了，我們可以進去涼一下嗎？」她拿手帕擦著汗。

於是我們移師到起居室，開了冷氣，我還奉上一杯冰茶，簡述：「恩瑪剛剛說到，拿顯微鏡來觀察，就可以『明察秋毫』了。『拿起顯微鏡來觀察』不是信裡的一句嗎？我覺得好像找出點什麼了，但又想不起來。」

解謎小組最新成員碧波坐在書桌前，她的眼睛沒有離開那張紙，像把每個

字都拿起來嚼過了一番。幾分鐘後，她才發現什麼線索似的大叫：「吼！茅塞頓開！」

在我和恩瑪「啊？」一聲後，她才看著我們，解釋道：

「爬過山吧？山間小路如果常有人走動，慢慢會變成一條大路；而若隔太久的時間沒人走，茅草就會長到把山路都阻塞起來。孟子說，聖人之道，要學習，也要常複習，不能捨而不修，否則久了就像茅草塞滿山路一樣。這就是『茅塞』的由來，而『頓開』是指頓時開悟了、突然間想通了！『茅塞頓開』就比喻本來充滿著疑惑、閉塞的心思，忽地全豁然了悟！」

「那到底怎樣嘛！」我焦急起來，雖然我嘴上說無所謂了，但能真相大白還是好的。「了悟什麼？」

「你們不覺得信裡句和句之間，都有關聯嗎？」她的眼睛閃耀著。「當信箱破了，是『難以置信』；依然需以誠懇的態度信守誓言，是『信誓旦旦』；而不知該哭該笑，不是『啼笑皆非』嗎？下一句：在強風中沙石滿天，即『飛沙走石』。也就是說，每個成語的最後一個字，是下一個成語的第一個字！像修辭學的頂

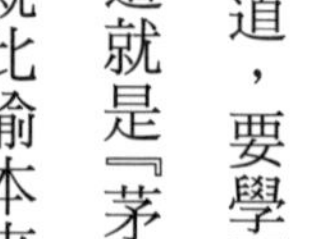

真格，只要字音一樣就行；也像我們常玩的成語接龍遊戲，但更高段。」

「真是茅塞頓開！」恩瑪拍手，我思索時，她又道：「那必須一句句解出是什麼成語嘍？」

「對！」碧波頷首。「雖然只是可能，但我們就從頭來做看看吧！孩子出生後，以歌聲、舞蹈來慶祝太平和樂。平靜的生活不料無故起波瀾，且大浪滔天而來。嗯……啊！我知道了，是歌舞昇平→平地風波→波濤洶湧。但仍要積極努力以進，即使艱難到不知往前還是往後。是勇猛精進嗎？然後……」

「進退兩難！」恩瑪大聲說：「而當信箱破了，難以置信！依然需以誠懇的態度信守誓言，信誓旦旦！」

「沒錯！」碧波看著信，眼光如炬，「就算體力、資源消耗殆盡，嘴巴也休提放棄。呃……旦，旦開頭的，彈盡糧絕？然後接什麼？……絕口不提？哈，可以耶！」

我們都鼓起掌來。恩瑪緊接著又說：「回顧幾年來的幼稚，不知該哭該笑，在強風中沙石滿天，就是剛說到的啼笑皆非、飛沙走石嘍！雖然我們的言行都

受世俗所監視、約束，吼，這句好難！」

「是十目所視嗎？那指一個人的言行都受到世人監視注意，即被世俗所約束。接下一句看看好了：結果也多與原先的期望恰好相反。適得其反嘛！咦，對得上耶！」碧波笑顏燦爛。「唯有回復到原本的質樸境界，反……反璞歸真！真……才能證明堅強的人禁得起各種考驗。真金不怕火煉？看下面的句子：不要多話，必須靜心、謹慎思考，從漆黑角落投向光明。」

「最後那句是『棄暗投明』嗎？」一直看兩個女生表演的我，終於也發聲了。

「是耶！」碧波點頭。「我知道了！真金不怕火煉 → 斂聲屏氣 → 棄暗投明！」

「明察秋毫！」我和恩瑪齊聲喊。我還讚道：「哇！真是所向披靡！」

「嗯，繼續。那麼就沒有絲毫疑惑，毫，毫無疑義？可以理直氣壯、言詞正當的，義正辭嚴？嗯，接得起來！說出那句看似普通，意涵卻深遠的八個字了。嚴……言近旨遠？咦？最後，是哪八個字呀？」

我們如墜五里霧中，一起思索著常常看似普通，意涵卻深遠的八個字。

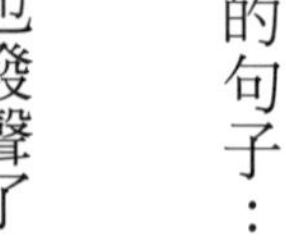

「可是就算解開了，跟你的身世有何關聯？」碧波噘嘴問。

恩瑪斬釘截鐵說：「所以那八個字很重要呀！真相一定就在那八個字裡！」

「好吧。言近旨遠，遠……八個字……」碧波抓著頭髮，我很怕她因此禿頭。

忽地，她大叫：「該不會是……遠在天邊——」

「近在眼前……」恩瑪與我接續道，然後三個人異口同聲喊出：「遠在天邊，近在眼前！」

我們一一回頭看向前屋，只見咖啡館的通道口，正站著阿嬤。我做了個跌倒狀，阿嬤和藹的笑笑，然後，小安阿姨站了出來。

果然是她！

我端坐起來，心海裡大浪濤天，準備迎接人生歷史性的一刻。

茅塞頓開

【身世來處】《孟子・盡心下》

孟子謂高子曰：「山徑之蹊間，介然用之而成路；為間不用，則茅塞之矣。今茅塞子之心矣。」

【密碼破解】形容閉塞、疑惑的心思，因受指點，頓時豁然了悟。

【同類相聚】豁然開朗、恍然大悟、醍醐灌頂、當頭棒喝

【異類相背】百思不解、大惑不解、百思莫解、莫名其妙

第五章

美好時光

白駒過隙

眼皮才眨一下而已，在臺灣的日子就過去那麼多了！

我準備迎接歷史性的一刻：與我的親生母親相認。

而我一直喊著阿姨的她，竟意味深長笑著，然後轉身，再回來時，手中多了一個大信封，信封上大大寫著：「遠在天邊，近在眼前」八個字。

不，當我拿到手上，還看見裡頭裝了三張紙。

「你說出這八個字，我才能拿出來。」阿姨說。「對不起啊，按規定嘍。」

「按規定？」我反問著，但手還是去開信封，見編號第一張：

前仰後合↓何許人也？

我看著碧波，再望望阿姨，不明所以。碧波叫我再看下一張，我照做。第二張的字是：

野火燒不盡，春風吹又生。

碧波突然問我：「你媽媽叫什麼名字？」

「李文華。」我回答，愣愣的盯著意有所指的她。

她大笑起來：「吼，那沒問題了啦！『春風吹又生』，指：淳風崔是文華所生！照全信的意思，就是任憑多大的野火，也燒不去這個事實，燒不盡母子情牽的韌性！」

天啊！怎麼一回事？要是在屋外地板上，我一定瞬間昏倒了吧！屋裡冷氣令人感到涼爽，可我還是有些暈頭轉向。

「暖風吹得遊人醉，錯把杭州當汴州。」碧波替我取出最後一張紙條，我們一起湊著看。

淳風吾兒，在美三年，西風吹得心兒醉，不愛中文愛英文，不吃米飯吃漢堡；誤將孤僻做剛強，錯把加州當家鄉。乘夏暑假期，命其返臺尋找真正雙親。過程中，必經付出與磨練，然孤獨憂慮之間，若能反璞歸真、循序漸進，平心並努力，爾後定然回驚作喜，喜極而泣。吾感人當飲水思源，切不可忘本，是以安排此行，目的在使淳風雖處異鄉，亦應對中華文化之詩書經典多所用心，於和善、愉悅環境中，有效學習。

我癱在地上，好想直接躺下來睡，睡後醒來就沒事了！但恩瑪卻朗讀：

「山米寶貝：前面爸爸寫的，你都懂嗎？簡言之，你真的是我們的兒子！回

來後，媽咪讓你看出生證明。注：一定要謝謝阿姨一家人的照顧！」

我啞口無言，兩個女生也靜默著。阿姨卻拍拍我，細說從頭。

「山米，其實最重要的原因是，除了游泳和足球，在你身邊還有許多好玩、值得學習的人、事、物，但你媽咪覺得你從不關心、注意，所以安排了讓你獨立思考和成長學習的機會。是他們的主意，他們說必須讓你自己找出答案，阿姨只是受託當個掌關人，沒出什麼力。但你可以因此看出，你爸媽的文學造詣有多高妙了！」

我整個頓住，思前想後的，沒有能力回話。

「你媽媽不知道你能否解開謎底，如果沒有，也沒關係，回美後就會知道真相了。但回顧一個半月來，你所付出的與獲得的，是不是很值得呢？你獨立成長了，像你之前說的，覺得幼稚的自己改變了。臺灣是個美麗又有文化的地方，你該謝謝父母安排這趟旅程。無論如何，從小把你呵護得無微不至的媽咪，如果不是為了救你的心，不會捨得你離開那麼久。要體諒她，她好愛你的！而且，她說一定會在機場熱切的等待你、迎接你！」

我想起媽媽。從前連我只是參加學校舉辦的兩天一夜旅行，她都能含淚來個十八相送的，這次竟放我在臺灣五十天！

「阿姨不是說你媽媽打電話來，憂心如焚嗎？其實是她怕你怪她，到時回復不了母子情。也因為太想念你，她從沒和你分開那麼久。每次都講到哽咽。那天，我還聽到她在遙遠的大海彼端，淚如雨下……」

想到那畫面，我再也忍不住，紅著眼眶低聲哭了出來。

兩個小女生也跟著嚶嚶啜泣。雖然多年以後，我才了解女生真是天生感性、浪漫的動物，但那時我仍不顧自己掛著鼻涕，忙安慰著她們。眼角有淚的阿姨，則摟抱我們，頻頻說道：「你們都是好孩子！真的。都別哭了！看，你們合作解開了謎題，好棒不是？」

「啊怎麼都在哭？」是愛豬老師的聲音。「捨不得山米回美國啊？」

我們慢慢擦著眼淚。愛豬老師遞了一隻她的「愛豬」給我，說她要出國幾天，怕來不及跟我道別。

「真正是『目一下睍』啊！」阿嬤講起優美又道地的臺語。

「呵呵，阿嬤說時間過得真快啦！」愛豬老師翻譯：「就像光陰似箭，也如白駒過隙。聽過白駒過隙嗎？」

我吸吸鼻子，搖頭。她拿了面紙給恩瑪，邊說：

「駒是指良馬，隙則是狹小的縫隙。莊子曾經感嘆，人在天地之間的時光如此短促，生命消逝的速度又是那麼快，就像白駒急速奔馳過狹小縫隙一般。我們從狹小的縫隙看去，只能見到白光，也就是日影一閃而逝，只一瞬間罷了。因此，『白駒過隙』就用來比喻時間過得很快，才一會兒，時光便飛逝而去呀！而阿嬤說『目一下眖』，意思是眼皮才眨一下而已，我們山米在臺灣的日子就過去那麼多了！」

這時，恩瑪突然號啕大哭，緊接著跑了出去，碧波追上去；我則如腿上綁了鉛塊或被點了穴道般，無法動彈。

白駒過隙

【身世來處】《莊子．知北遊》

人生天地之間，若白駒之過郤，忽然而已。注然勃然，莫不出焉；油然漻然，莫不入焉。已化而生，又化而死，生物哀之，人類悲之。

【密碼破解】比喻時間過得極快，疾速的變遷、流逝。

【同類相聚】日月如梭、光陰似箭、光陰如電、韶光易逝

【異類相背】度日如年、時光冉冉、日長歲久、天長地久

雪泥鴻爪

忽焉明了，山米之所以成為現在的山米，是因為浪花。

恩瑪哭著跑回家，我無法動彈，因為自顧不暇，仍處於震驚之中啊！

然而，我還是前前後後不斷想著這件事，阿姨問我是不是怪媽咪，我搖頭。回憶起我的確不愛中文，只愛游泳、足球和漢堡，且把加州當作唯一的家鄉。爸爸常說他是為了工作上的方便才移籍美國，但我們不能忘本！他總是挑剔我沒知覺、沒主見，問什麼都回答隨便、無所謂、沒意見！媽媽甚至曾說我太依賴她，但行為舉止又近於冷漠無情。

還有，如果媽媽只是叫我回臺灣過暑假、學經詩、寫作文，我絕對不會同意；若非尋找生母的強烈誘因，我應該連加州都懶得離開一步。

情況應該是很嚴重了，他們才會設下這樣的計劃來強迫我獨立、學習付出，

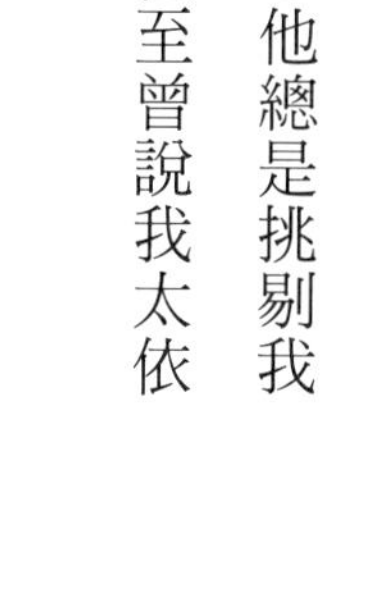

並全心去感受生活，當一個有感覺的人！

我不會怪他們。真相大白、水落石出後，只是更增加我的內疚。試想，什麼樣的人，用得著如此勞師動眾？一切只為了他！我忽然覺得自己很像周處，當他發現自己其實就是第三害時，心情也是這樣的吧！

那一天，我都躺在床上思索著，浪花也靜靜沒有吵我。隔天，碧波打電話來問我有沒有怎樣，還對我哼唱起歌手方大同的〈春風吹〉：「洞裡蛇，冬日睡，原上草，春風吹。到夏天我變了誰……」十足是我的故事嘛！

下午，我終於出門去找恩瑪了。浪花的精神好像不大好，我也沒吵牠，獨自騎車到東雷家。不見恩瑪人影，潛水老師卻在。

「山米，你就快走了，恩瑪好難過。」她替忙著幫客人選釣具的東雷說：「人生就像雪泥鴻爪一樣，會留下些什麼，但有時很無奈……」

之後，我騎著車穿梭在淡水找恩瑪，通過馬偕街的禮拜堂後，決定去石雕船找。果然，發現她戴著寬邊帽坐在馬偕老爺爺的船裡看書，手上還拿著她的穆桂英，八爪和小吉則陪在一旁。

「潛水老師剛說呀，人生像雪泥鴻爪，這是蘇軾和他弟弟的故事。」我出聲，她放下《天文觀星圖鑑》，抬頭看我。

「你知道嗎？蘇軾作了一首〈和子由澠池懷舊〉，來應和蘇轍寫的懷念哥哥的詩。他回憶起往日的困苦崎嶇，還曾和弟弟借宿澠池的一所寺廟，並在廟壁上題詩。如今老和尚已經去世，當年題詩的牆壁也塌壞了。人生的遭遇啊，就像飛雁踏過雪地留下的爪印一樣，那麼偶然；而鴻雁飛走後，也沒人知道牠的去向。他藉以感慨自己的境遇，如同雪泥上的鴻爪一般，飄忽不定。成語『雪泥鴻爪』就是從這裡演變來的，比喻往事所留下的痕跡，含著感嘆意味。」

「……」她流露出離別的感傷。「我捨不得。這個夏天，我很快樂。」

「別這樣，說不定我爸爸會被公司調回臺灣啊！」

「是啊是啊，他也有可能調到格陵蘭、克羅埃西亞或布吉納法索，還是安地斯山、麥哲倫海峽、的的喀喀湖什麼的！」

「哇，你怎麼說得出這些地名啊？」我十分驚訝。「果真如此，我一定邀你來玩。因為你是我最好的朋友。」

她笑了。「比傑克還好嗎？」

「當然！我不會忘記你的，我們可以通E-mail或Skype啊，還有，你也用Facebook不是嗎？我的中文現在超好的咧！別難過，我們好好珍惜時間吧。嘿，你還要帶我去溯溪耶！而上次穆桂英不是說要到天文館為關雲長導覽解說星星嗎？沒忘記吧？」

她搖搖頭，燦爛的笑了開來。之後，我們一起去渡船頭，看淡水特有的舢舨，還有夜鷺、小白鷺這些『麻吉』捕魚、抓蝦的模樣。長灘港和淡水風景都美，但是不一樣，這裡有我蛻變的回憶。恩瑪、姨丈、阿嬤和夏令營的老師，還有小安阿姨。她的角色舉足輕重，沒有她，就沒有現在的我。當然，凡是幫助我變得更好的人，我都要感謝。

尤其是浪花。我回到家後，阿姨竟說浪花生病了，食欲不振，整天都無力的趴著。我非常著急，難道是在宜蘭玩水玩到感冒了？

牠的體溫有些高，阿姨叫我帶牠看醫生。我立刻抱著牠嬌小的身軀，走到隔了三百公尺的獸醫院。牠流鼻涕、有點發燒，加上天氣太熱，所以病懨懨的。

我拿了獸醫開的藥，再抱牠回家。

「小浪，生病時，體內的士兵都會聯合起來對抗敵人——大都是病毒或細菌，沒有時間注意到飢餓，所以你會沒有胃口，因為不覺得餓嘛！但為了增強士兵的作戰能力，一定要吃東西補充營養。來，吃飯嘍！」

牠閉上眼睛，沒有理我。方向小姐伸出雪白的玉手逗弄牠，牠也無動於衷。

我真是憂心如焚！不得已，便將塑膠針筒放入牠嘴角與牙齒間的空隙，再慢慢推藥進去。整個晚上，我將牠放在身邊，以便看護。時而幫牠擦鼻水，時而擔心冷氣太強，索性關掉，連電風扇都對著牆壁吹！那體貼關心，彷彿照顧一個孩子。

然後，我忽然明白，山米之所以成為現在的山米，是因為浪花。

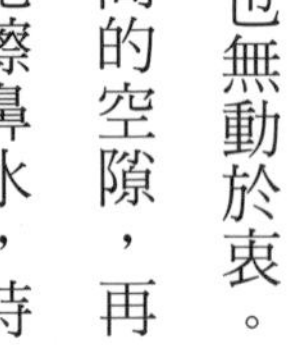

雪泥鴻爪

【身世來處】

宋．蘇軾〈和子由澠池懷舊〉

人生到處知何似？應似飛鴻踏雪泥。
泥上偶然留指爪，鴻飛那復計東西。
老僧已死成新塔，壞壁無由見舊題。
往日崎嶇還記否，路長人困蹇驢嘶。

【密碼破解】

比喻往事所留下的痕跡。

【同類相聚】

飛鴻踏雪、飛鴻印雪

【異類相背】

雲散煙消

笑逐顏開

全心感受生活，認真做每一件事；而且不多話，就是做給你看。

因為浪花，山米才開始人性化，從牠咧嘴對著我笑的那一刻，就將人性帶給了我；之後，甚至將生活的感受能力全輸送到我的血液裡。

看著桌上愛豬老師給我的小黃豬，我想了許多。

「小浪，」我擦擦牠的眼角，「快點好起來，山米很需要你。」

我不喜歡笑，牠老是笑給我看；我不喜歡與人接近，牠就貼著我、跟著我；我不愛讀書，牠替我叼來課本，還讓我唸故事，我才進而將老師上過的課全複習過；為牠朗讀時，也才發現經典文學的美，以及，不是那麼難以學習。

我對臺灣生活適應不良、陷在尋找生母的情感泥淖裡，甚至被高竿鎖在倉庫中，牠都陪伴著我，使我不孤單；游泳、踢球、跳躍、跑步、讀書，甚至傾

聽媽咪的聲音，牠都做得比我還要好。牠有個性，討厭洗澡、愛舔臭腳丫、喜歡綁得五顏六色，但也懂得享受生活，認真做著每一件事。

浪花還很善良。見小吉沒有獎鍊，會踩步、出聲為之爭取；高竿踢過牠，但救了高媽媽的，其實是牠。牠不可能沒在她身上嗅到高竿的氣味，卻不因那是高竿的母親而見死不救！連長泳募款賽，牠都想參與，都想貢獻一己心力！

生活中有如此一個人，誰都會耳濡目染，會被影響。何況牠不多話，就是做給你看。從一隻狗身上，竟能學習到這麼多！加以周遭好人一長串，我不變好都很難。

不是憑空變化，是由內而外、由細胞至心臟至筋肉的澈底改變！我想這是爸媽也沒預料到的吧。

隔天下午，我開始覺得浪花除了感冒，好像也懂得我即將離開，因此不開心。我對牠溫婉的說了許多話，包括很感激牠對我的好，很懷念和牠一起遊玩、運動、讀書的時光。牠舔舔我，心情好了些。而就在我提議牠的病一痊癒，就來場「陽光鼻球友誼賽」吧，牠才豎起大大的耳朵，接著，坐了起來。

然後，咧開嘴，現出整齊的兩排白牙。屬於浪花式的招牌笑容。

「吼，講到鼻球就有精神了，還真是『笑逐顏開』啊！」我糗牠。「順便跟你解釋『笑逐顏開』，好不好？」

牠繼續對我展現白牙，我則兩手輕拉牠臉上的毛，說：

「逐，是隨著的意思；開，是舒展。『笑逐顏開』指笑容隨著你的顏面舒展開來，很歡喜、很快樂的樣子。就像你這樣嘍。這是我看成語書學到的耶，典故來自宋朝話本小說《西山一窟鬼》，形容一個人心花怒放、眉開眼笑的模樣。呵呵……」我故意把牠臉上的毛向左右拉開，牠的嘴順勢變寬、變大了。「呵呵……你像不像《西山一窟鬼》裡頭的呀？」

牠掙脫我的手，站了起來，像用了廣告中那款知名造型髮膠般，甩甩頭，輕輕鬆鬆就恢復原來的樣子。接下來，牠開始舔我，開始踩著小碎步。

「這才對嘛！好哥兒們！」我振奮的摸摸牠的頭。「健康時，身體裡那些士兵的注意力就會移轉回來了。小浪，你的士兵打了兩天的仗，該好好餵他們了！」

這麼剛好，牠的肚子正傳來「咕嚕咕嚕」的飢餓聲，笑倒了我。

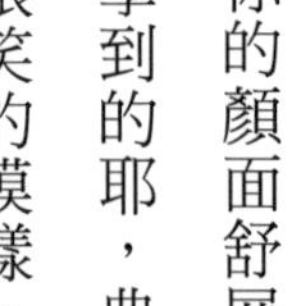

兩天後，我為浪花舉辦了小型鼻球友誼賽，為牠穿戴所有裝備，包括高竿送的橘色領巾。浪花一整個酷呆了！還好海霸回高雄了，不然鐵定迷到昏倒。

這場友誼賽只有小吉、八爪、九陰和浪花參加。蝙蝠、火箭沒空，而「漂撇」的子彈又已繼續浪跡天涯了。四個球門由恩瑪、碧波、高竿和我顧守，更兼裁判、計分員與啦啦隊。

八爪和九陰兩個女生互不相讓，浪花精神奕奕，身手了得！小吉則老是將球玩出線，完全沉浸在自己的世界裡。

正當加油聲再起，戰事如火如荼之際，浪花突然停下腳步，站著不動，鼻子往空中直嗅；緊接著，牠轉頭，立即向著後方「汪汪」叫起。

那高亢的叫聲，我沒有聽聞過；那躍動的欣喜，也是前所未見。

阿姨和愛豬老師的身影映入眼簾，一個男人並行著。不，還有兩隻像極了浪花的小狗，正向我們奔跑過來……

哇，小浪的媽媽出現了！

笑逐顏開

【身世來處】《京本通俗小說·西山一窟鬼》

婆子道：「這個不是冤家不聚會。好教官人得知，卻有一頭好親在這裡：一千貫錢房臥，帶一個從嫁，又好人材，卻有一床樂器都會，又寫得算得，又是嗋嗻大官府第出身。只要嫁個讀書官人。教授卻是要也不？」教授聽得說罷，喜從天降，笑逐顏開，道：「若還真個有這人時，可知好哩！只是這個小娘子如今在那裡？」

【密碼破解】形容心中喜悅而眉開眼笑的樣子。

【同類相聚】眉開眼笑、喜笑顏開、滿面春風

【異類相背】愁眉不展、顰眉蹙額、愁眉苦臉

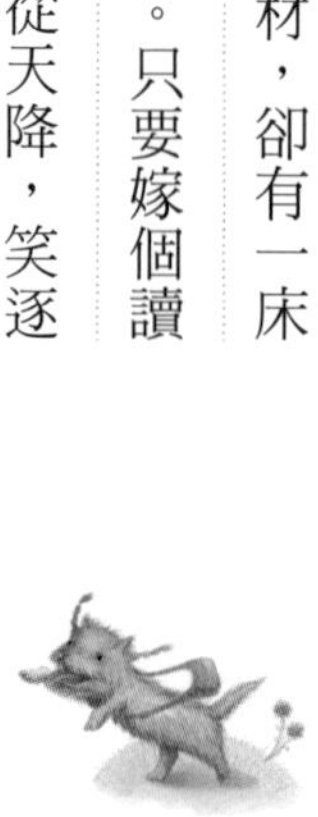

壯志凌雲

我已經不是五十天前的我了，志氣可以直上天際。

小浪的媽媽出現了！難怪牠這麼興奮。

前幾天，看著愛豬老師的愛豬，福至心靈的，我拜託她打電話給前男友，因為想替浪花尋找母親，讓生病中的牠能開心一點。她一開始有些為難，但聽著我焦慮、請求又感性的聲音，才說：那試試看好了。

「萬一不行，別把人家想成擁有仙丹卻不救命喔。每個人都有苦衷的。」阿姨叮嚀我。

所以我跟老師強調，只要打一通電話，其他的不強求。沒想到，她的前男友立刻表示小浪媽還健康的活著，並允諾從桃園回到臺北老家時，會順道載過來。才有今日這番……感人的場面。

瞧浪花圍著母親，跳得好高，比平常轉身旋跳時還高，一直跳，還一直發出「汪咿！汪咿！」的開心叫聲；牠的媽媽也愛護的舔著牠，全身上下都嗅聞過一遍，好似要確定牠健康幸福無虞。牠的弟弟，也雀躍的跑動著。

浪花出生沒多久便和母親分離，但牠們從沒忘記過彼此的味道，這就是親情間的牽引呀！我想到碧波解釋的「野火燒不盡，春風吹又生」，用在這裡也可以，任憑多大的野火，也燒不去這個事實，燒不盡母子情牽的韌性。

「嘿，小浪找到親生母親了呢！」走回家時，我低頭對喜上眉梢的浪花說。「但可不能忘了養育你的媽咪喔！她愛你、教養你那麼多年，真的是個好媽媽，你很幸福耶。」

走在我旁邊的阿姨聽了，不停的笑，知道這些話都是她對我說過的。

「你如果心思都在親媽那裡，她一定會憂心如焚的！」我又故意說。

阿姨笑著打了我一下。我們接待了愛豬老師和前男友，讓浪花母子三人相處了一整個晚上，牠才依依不捨的送走母親和弟弟。牠很懂事，沒有哭鬧，知道以後還有再見的機會。

在舔舔阿姨後，牠跑到書桌前對我咧起嘴，非常滿足，又像感謝。

「夠了，兄弟間這麼客套幹麼？」我轉過頭去對著電腦，一派輕鬆。「還在『笑逐顏開』，真是！」

「我不得不說你的改變令我驚奇。」

啊？我小小驚嚇了一下，回頭看，原來是阿姨，還以為浪花說話了。

她拿了張椅子坐在我面前。「山米，你真是個好孩子。坦白說，六月底你來的時候，我對你的期望只有變得獨立一點、多學點中文而已。但你在滿懷心事，和必須適應異地生活的情形下，還學到這麼多。重點是，不僅你自己改變了，還成就他人的人生，像高竿、浪花，還有恩瑪。真的很棒。而這期間，你為生母的事有多麼苦惱，我都看在眼裡。」

「阿姨，其實都要謝謝你。」我由衷表示。「我曾經很篤定的認為……你就是我在找的親生母親。」

她笑了。「如果阿姨有你這樣的兒子，一定很高興，也很驕傲。但相信我，現在我一樣很高興，也很驕傲。」

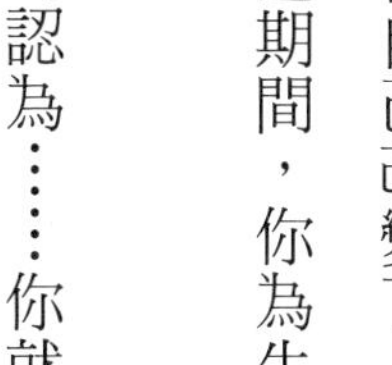

我忍不住起身擁抱了她。想起那些獨自演著揣測內心戲的日子，真是將人生酸甜苦辣都嘗遍了。我跟她說回美國後，也要這樣擁抱又華媽媽。其實我是真的尋找到親生母親了：不僅找到，也清楚體會到母親對我的愛。

聽到阿嬤叫「山米，來吃飯了。」我回答「喔」之後愣了一下，走到廚房餐桌前，對她說：「阿嬤！你把我的名字喊得好標準耶！」

她想了一下，呵呵笑。「是喔。不然，你以為只有你在成長嗎？」

我無言，真是個很「寶」的老人家！一旁的阿姨也蹦出了笑意。

「想當初山米都嘛不吃我煮的菜，害我還要學那些外國人去買生菜、起司、火腿、酸黃瓜的。不過也因為這樣，我們店裡的簡餐就多了西式的了。所以說，活到老，學到老，人家我覺得自己也在成長哪！」

我吃著牛肉麵，嗆了一下，麵條差點吸到鼻孔裡。

本來計劃和東雷、恩瑪、潛水老師一起到花蓮秀姑巒溪溯溪，但莫拉克颱風在八月八日侵襲臺灣，造成臺東與中南部災情慘重，農損、屋埋與死傷人數皆極巨大！於是我們取消遊樂，投入賑災。我把高竿歸還的足球撲滿捐給紅十

字會幫助災民，並與阿姨、姨丈當起搬運物資的義工。我們無法和在災區清洗汙泥、冒險修路、撫慰傷痛的志工相比，更不及第一線搜救人員的千萬分之一，只是盡棉薄心力。

協助了令我印象深刻的災害救援後，就要面對鐵一般的事實了：分離。

我打電話到小學堂，一一跟老師們說再見，得到很多的鼓勵。而出發回美的那天早晨，恩瑪、東雷來與我話別，沒想到高竿和碧波也到了。碧波叮嚀我要繼續研讀中文，高竿遞上一支約三十公分的小小釣竿，對我說：「關公拿膩了關刀後，給他拿釣竿。」

關公拿釣竿？能看嗎？但我懂他的用意。

我對恩瑪眨眨眼。昨天我把這些日子以來所拍的照片，都掃瞄起來，燒成了光碟，也才知道她真的陪伴我好多時光。我將光碟送給她，說她是第一女主角，還帶點羞澀的把電影《海角七號》的經典臺詞：「留下來，或者我跟你走。」改編為：「你可以來美國，不然我就到臺灣。」

揮別了眾人，姨丈開車載我們出發前往機場了。一樣是阿嬤在前座，阿姨

抱著娃娃，只是多了浪花和方向。浪花坐在我腿上，宅貓方向願意來送我，已經讓人感動了，想不到牠竟還坐在我另一隻腿上呢！一路上說說笑笑，跟入境時那趟路程的尷尬和無趣，實在大相逕庭。

「山米，姨丈有始有終，來講個『壯志凌雲』的故事好了！」

我對他笑笑，想起當時還誤將他說的「倒屣相迎」，想成「稻洗相贏」哩！

「三國時的曹植啊，曾寫文章表彰孔子的德行和人生事蹟。文中就提到孔子不僅胸中充滿了仁義，更能將仁義推廣到天地之間；而他的志向更是豪邁遠大，可以直衝雲霄！原文是『志陵雲霓』，後來演變為成語『壯志凌雲』，形容人的志氣豪壯，志向高遠。姨丈相信，你已經不是五十天前的你了，現在的你，想必壯志凌雲，志氣可以直上天際了！」

我靦腆的笑，但很開心。

接著，阿嬤開示：「山米，要好好孝順美國的父母。百善孝為先喔。」

「他會的啦！」姨丈呵呵大笑。「因為他阿姨把他內在的潛力和善良都開發出來了！」

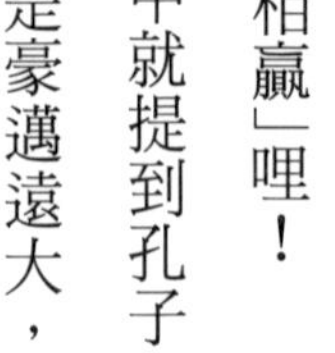

「哪是我？他本來就擁有，只是自己終於把它找出來而已！」抬槓間，孟子的「仁義禮智，非由外鑠我也，我固有之也，弗思耳矣。故曰：『求則得之，舍則失之』。」又浮現我的腦海。仁義禮智是我本來就擁有的，只是不去想、不去做而已，那類似善的感受力，應該主動去發現，然後運用在生活裡。

也才算認識了內在真正的自己。

原來，我一直沒有認識自己，這趟臺灣行，我不只尋找母親，還是為了尋找自己！

浪花在我腿上「嗚嗯」低鳴撒嬌著。牠超有生活感受力，不僅灌輸了我人性，透過牠，我還把原來的自己找出來了！啊，一直以為的「轉變」，原來竟是「找回」！

快到機場了，浪花「嗚嗯」得更大聲，明白時光再怎麼美麗，也到了該分別的時刻。我摸著牠的頭，安撫道：「我會再回來看你的。這些日子，謝謝你。」

我的手背一陣涼，一看，方向竟然舔我！這隻跟當初冷漠的我不相上下的

貓小姐，也找到自己原本擁有的情感了！我像看見自己的孩子成長了般，內心怦然不已。

但，望著浪花深邃瞳眸裡的愁悵，我極為不捨，一時間，竟紅了鼻子。

「嘿，別這樣啦。記得山米跟你講過蘇東坡兄弟的故事嗎？那時我還說哪有兄弟感情這麼好的！但，人家真的就那麼好，而我和你，也真的這麼好！小浪，你是我的好兄弟。你……要想我喔，要記得這個你和我的夏天喔……」

這次，牠以「嗚咿……」的上揚聲回我，那是一種悲鳴的音，哀慟的調，我從來沒有聽過。阿姨憐惜的將牠抱過去，也紅著眼眶撫摸牠。

跟浪花離別如此困難，是我始料未及的。牠無法遏抑的持續悲鳴，引得我好心疼！因為捨不下，也怕牠衝動，我要大家送到外頭的車道就好，我可以一個人進大廳去辦登機手續。

誰知我一下車，浪花便開始高聲哀號，像狼對著月呼嘷一樣。

我驚訝的愣了一會兒，才推了行李，快步奔跑著，同時理解到，分離不難，難的是回頭望的一剎那，比「萋萋滿別情」要多上萬倍感傷！

方向細細的喵叫聲和浪花悲傷的呼嚎聲中，阿姨、姨丈、阿嬤、娃娃，就在大廳外的簷廊，對我揮手。

我回想初來時，他們站著迎接我的畫面。

而這次，我，山米．崔，還是覺得自己死定了。

回到美國，我不停想念他們，還有浪花那令人斷腸的聲音。

離別不難，難的是回頭望的一剎那，更難的是離別後刻骨的孤單。

一伸手，觸不到已經習慣的毛絨絨；一低頭，看不見總是在那的嘻嘻笑。不敢相信，最令我牽腸掛肚、魂縈夢絆的，竟然是浪花……

我幾乎天天失眠，爸媽以為是時差問題，不知道我彷彿就要死去。

直到在電腦前，我一字一字寫下《山米和浪花的夏天》。開始上學後的課餘時間都在寫，如同與浪花又相處了三個多月。血液，這才一滴一滴流回；元神，才一點一點收歸。

我永遠不會忘記這段歲月，無可取代的青春歲月。

就算別人笑我傻，我也要獻給……
我親愛的浪花。

壯志凌雲

【身世來處】三國魏．曹植〈學宮頌〉

於鑠尼父，生民之傑，性與天成，該聖備藝。德倫三五，配皇作烈，玄鏡作鑒，神明昭晰。仁塞宇宙，志陵雲霓，學者三千，莫不俊乂。唯仁可憑，唯道足恃。鑽仰彌高，請益不已。

【密碼破解】形容人的志氣雄壯豪邁，直衝天際。即志向高遠。

【同類相聚】青雲之志、鴻鵠之志、雄心萬丈

【異類相背】意氣消沉、萬念俱灰、人窮志短

附錄

成語錄

【這個夏天】

倒屣相迎：比喻熱情的迎接賓客。

黯然銷魂：比喻心神沮喪，如失去了魂魄一般。

如坐針氈：比喻身心痛苦，惶恐不安。

約法三章：提出應該共守的條約，以利事務進行。

琵琶別抱：形容女子結識新男友。

心無旁騖：比喻貫注全神，十分專心。

【關關難過關關過】

沐猴而冠：比喻性情急躁的獼猴學人穿冠戴帽，卻不脫粗鄙本質。亦可喻性情暴躁。

苟且偷安：指得過且過，不知振作向上，只求眼前短暫的安逸。

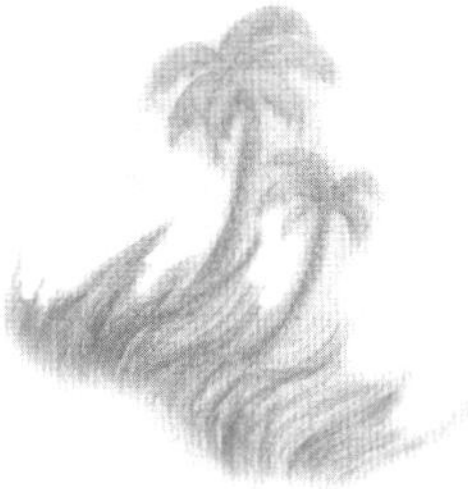

鞭辟入裡：指讀書、研究學問，能自我鞭策，深入細微之處。

一籌莫展：比喻毫無辦法，一點計策也施展不出。

焚膏繼晷：形容夜以繼日的勤奮不怠。

大相逕庭：比喻兩者差異很大，相距甚遠。

良辰美景：形容美好的時光，宜人的景色。

美輪美奐：指房屋氣勢宏偉、裝飾華美，可用以祝賀新居落成，亦廣泛形容建築物的富麗堂皇。

【改變及淬鍊】

不寒而慄：形容人的內心感受極深、震撼極大，或恐懼不已。

息事寧人：原指為政不生事擾民，後多指平息紛爭，以使彼此和平相處。

一觸即發：原指一經人事物的觸動，內心即有所感應，後用以形容極為緊張的情勢或危險時刻。

所向披靡：形容兵力所到之處，敵人紛紛潰散敗逃。

狗尾續貂：不計才能優劣而濫任官爵，也比喻事物後繼者不如前者，前後不相稱。或為自謙之詞。

當機立斷：形容當下毫不猶豫的，立刻做出決斷。

捉襟見肘：形容生活困頓不足、窮於應付的窘態。

班門弄斧：比喻在行家面前賣弄本領，不自量力。含諷刺意味。

【歷史性的一刻】

學富五車：形容人書讀得很多，才識豐富、學問淵博。

憂心如焚：內心憂慮，如火焚燒。形容十分的焦急、憂慮。

江郎才盡：形容文人才思枯竭、大不如前，無法再創佳句。

明察秋毫：目光敏銳，能看到極細微之處，比喻觀察力強，洞察一切。

茅塞頓開：形容閉塞、疑惑的心思，因受指點，頓時豁然了悟。

【美好時光】

白駒過隙：比喻時間過得極快，疾速的變遷、流逝。

雪泥鴻爪：比喻往事所留下的痕跡。

笑逐顏開：形容心中喜悅而眉開眼笑的樣子

壯志凌雲：形容人的志氣雄壯豪邁，直衝天際。即志向高遠。

張曼娟學堂系列 011

張曼娟成語學堂 II

山米與浪花的夏天

策　　劃｜張曼娟
作　　者｜黃羿瓅
策劃協力｜吳信樺
繪　　者｜錢茵

責任編輯｜李幼婷
特約編輯｜蔡珮瑤
視覺設計｜霧室
行銷企劃｜陳雅婷

發行人｜殷允芃
創辦人兼執行長｜何琦瑜
副總經理｜林彥傑
總監｜林欣靜
版權專員｜何晨瑋、黃微真

出版者｜親子天下股份有限公司
地址｜臺北市 104 建國北路一段 96 號 4 樓
電話｜（02）2509-2800　傳真｜（02）2509-2462
網址｜ www.parenting.com.tw
讀者服務專線｜（02）2662-0332 週一～週五：09:00~17:30
讀者服務傳真｜（02）2662-6048
客服信箱｜ bill@cw.com.tw
法律顧問｜台英國際商務法律事務所 ・ 羅明通律師
製版印刷｜中原造像股份有限公司
總經銷｜大和圖書有限公司 電話：（02）8990-2588

出版日期｜ 2017 年 7 月第一版第一次印行
2021 年 4 月第一版第九次印行
定　　價｜ 320 元
書　　號｜ BKKNA011P
ＩＳＢＮ｜ 978-986-94737-8-1（平裝）

訂購服務
親子天下 Shopping ｜ shopping.parenting.com.tw
海外 ・ 大量訂購｜ parenting@cw.com.tw
書香花園｜臺北市建國北路二段 6 巷 11 號　電話（02）2506-1635
劃撥帳號｜ 50331356 親子天下股份有限公司

立即購買 >

有聲故事書

國家圖書館出版品預行編目 (CIP) 資料

山米和浪花的夏天 / 黃羿瓅撰寫 ; 錢茵繪圖.
-- 第一版. -- 臺北市 : 親子天下, 2017.07
240面 ; 17×22公分. -- (張曼娟成語學堂 II ; 3)
(張曼娟學堂系列 ; 11)
ISBN 978-986-94737-8-1(平裝)
859.6　　106007543